樱 海 集

老舍 著

泰山出版社·济南·

图书在版编目（CIP）数据

樱海集 / 老舍著. -- 济南 ： 泰山出版社，2024.
7. --（中国近现代名家短篇小说精选）. -- ISBN 978
-7-5519-0851-1

Ⅰ．Ⅰ246.7

中国国家版本馆CIP数据核字第2024YY4604号

YINGHAI JI

樱海集

责任编辑　王艳艳
装帧设计　路渊源

出版发行　泰山出版社

社　　址　济南市泺源大街2号　邮编　250014
电　　话　综 合 部（0531）82023579　82022566
　　　　　出版业务部（0531）82025510　82020455
网　　址　www.tscbs.com
电子信箱　tscbs@sohu.com
印　　刷　山东通达印刷有限公司
成品尺寸　140 mm×210 mm　32开
印　　张　7.75
字　　数　170千字
版　　次　2024年7月第1版
印　　次　2024年7月第1次印刷
标准书号　ISBN 978-7-5519-0851-1
定　　价　36.00元

凡　例

一、本书收录了作者的经典短篇小说，主要展现了作者的思想情感、审美取向与价值观念，以及当时的时代风貌等。

二、将作品改为简体横排，以适应当代的阅读习惯。原文存在标点不明、段落不分等不便于阅读之处，编者酌情予以调整。

三、作品尽量依照原作，以保持原作风格及其时代韵味，同时根据需要，对原文进行了适当的删减和订正。

四、对有些当时惯用的文字，如"的""地""得""作""做""哪""那""化钱""记帐"等，仍多遵照旧用。

序

开开屋门，正看邻家院里的一树樱桃。再一探头，由两所房中间的隙空看见一小块儿绿海。这是五月的青岛，红樱绿海都在新从南方来的小风里。

友人来信，要我的短篇小说，印集子。

找了找：已有十五六篇，其中有一两篇因搬家扯乱，有头无尾，干脆剔出；还有三四篇十分没劲的，也挑出来，顺手儿扔掉。整整剩下十篇，倒也不多不少。大概在这十五六篇之外，还至少应有两三篇，因向来不留副稿，而印出之后又不见得能篇篇看到，过了十天半月也就把它们忘死；好在这并不是多大的损失，丢了就丢了吧。

年方十九个月的小女生于济南，所以名"济"；这十篇东西，既然要成集子，自然也得有个名儿；照方吃烤肉，生于济南者名"济"，则生于青岛者——这十篇差不多都是在青岛写的——应当名"青"或"岛"。但"青集"与"岛集"都不好听，于是向屋外一望，继以探头，"樱海"岂不美哉！

《樱海集》有了说明。下面该谈谈这十篇作品。

虽然这十篇是经过了一番剔选，可是我还得说实话，我看不起它们。不用问我哪篇较比的好，我看它们都不好。说起来，话可就长了：我在去年七月中辞去齐大的教职，八月跑到上海。我不是去逛，而是想看看，能不能不再教书而专以写作挣饭吃。我早就想不再教书。在上海住了十几天，我心中凉下去，虽然天气是那么热。为什么心凉？兜底儿一句话：专仗着写东西吃不上饭。

第二步棋很好决定，还得去教书。于是来到青岛。

到了青岛不久，至友白涤洲死去；我跑回北平哭了一场。

这两件事——不能去专心写作，与好友的死——使我好久好久打不起精神来；愿意干的事不准干，应当活着的人反倒死。是呀，我知道活一天便须欢蹦乱跳一天，我照常的作事写文章，但是心中堵着一块什么，它老在那儿！写得不好？因为心里堵得慌！我是个爱笑的人，笑不出了！我一向写东西写得很快，快与好虽非一回事，但唰唰的写一阵到底是件痛快事；哼，自去年秋天起，唰唰不上来了。我不信什么"江郎才尽"那一套，更不信将近四十岁便得算老人；我愿老努力的写，几时入棺材，几时不再买稿纸。可是，环境也得允许我去写，我才能写，才能写得好。整天的瞎忙，在应休息的时间而拿起笔来写东西，想要好，真不大容易！我并不愿把一切的罪过都推出去，只说自己高明。不，我永远没说过自己高明；不过外面的压迫也真的使我"更"不高明。这是非说出不可的，我自己的不高明，与那些使我更不高明的东西，至少要各担一半责任。

这可也不是专为向读者道歉。在风格上有一些变动，从这十篇里可以显明的看到；这个变动与心情是一致的。这里的幽默成分，与以前的作品相较，少得多了。笑是不能勉强的。文字上呢，也显着老实了一些，细腻了一些。这些变动是好是坏，我不知道，不过确是有了变动。这些变动是这半年多的生活给予作品的一些颜色，是好是坏，还是那句——我不知道。有人爱黑，有人爱白；不过我的颜色是由我与我的环境而决定的。

有几篇的材料满够写成中篇或长篇的，因为忙，所以写得很短，好像面没发好，所以馒头又小又硬。我要不把"忙"杀死，"忙"便会把我的作品全下了毒药！什么时候才能不忙呢？！

说了这么一大套，大概最大的好处也不过足以表明我没吹牛；那么，公道买卖，逛书店的先生们，请先尝后买，以免上当呀！

老舍序于青岛

一九三五，五月

目 录

上 任

尤老二去上任。

看见办公的地方，他放慢了步。那个地方不大，他晓得。城里的大小公所和赌局烟馆，差不多他都进去过。他记得这个地方——开开门就能看见千佛山。现在他自然没心情去想千佛山，他的责任不轻呢！他可是没透出慌张来；走南闯北的多年了，他拿得住劲，走得更慢了。胖胖的，四十多岁，重眉毛，黄净子脸。灰哔叽夹袍，肥袖口；青缎双脸鞋。稳稳的走，没看千佛山；倒想着：似乎应当坐车来。不必，几个伙计都是自家人，谁还不知道谁；大可以不必讲排场。况且自己的责任不轻，干吗招摇呢。这并不完全是怕；青缎鞋，灰哔叽袍，恰合身分，慢慢的走，也显着稳。没有穿军衣的必要。腰里可藏着把硬的。自己笑了笑。

办公处没有什么牌匾：和尤老二一样，里边有硬家伙。只是两间小屋。门开着呢，四位伙计在凳子上坐着，都低着头吸烟，没有看千佛山的。靠墙的八仙桌上有几个茶杯，地上放着把新洋铁壶，壶的四围爬着好几个香烟头儿，有一个还冒着烟。尤老二看见他们立起来，又想起车来，到底这样上任显着"秃"一点。可是，老朋友们都立得很规矩。虽然大家是笑着，可是在亲热中含着敬意。他们没因为他没坐车而看不起他。说起来呢，稽察长和稽察是作暗活的，活不惹耳目越好。他们自然晓得这个。他舒服了些。

尤老二在八仙桌前面立了会儿，向大家笑了笑，走进里屋去。里屋只有一条长桌，两把椅子，墙上钉着个月分牌，月分牌的上面有一条臭虫血。办公室太空了些，尤老二想；可又想不出添置什么。赵伙计送进一杯茶来，飘着根茶叶棍儿。尤老二和赵伙计全没的说，尤老二擦了下脑门。啊，想起来了：得有个洗脸盆，他可是没告诉赵伙计去买。他得细细的想一下：办公费都在他自己手里呢，是应当公开的用，还是自己一把死拿？自己的薪水是一百二，办公费八十。卖命的事，把八十全拿着不算多。可是伙计们难道不是卖命？况且是老朋友们？多少年不是一处吃，一处喝；睡土窑子不是一同住大炕？不能独吞。赵伙计走出去，老赵当头目的时候，可曾独吞过钱？尤老二的脸红起来。刘伙计在外屋溜了他一眼。老刘，五十多了，倒当起伙计来，三年前手里还有过五十枝快枪！不能独吞。可是，难道白当头目？八十块大家分？再说，他们当头目是在山上。尤老二虽然跟他们不断的打联络，可是没正式上过山。这就有个分别了。他们，说句不好听的，是黑面上的；他是官。作官有作官的规矩。他们是弃暗投明，那么，就得官事官办。八十元办公费应当他自己拿着。可是，洗脸盆是要买的；还得来两条手巾。

　　除了洗脸盆该买，还似乎得作点别的。比如说，稽察长看看报纸，或是对伙计们训话。应当有份报纸，看不看的，摆着也够样儿。训话，他不是外行。他当过排长，作过税卡委员；是的，他得训话，不然，简直不像上任的样儿。况且，伙计们都是住过山的，有时候也当过兵；不给他们几句漂亮的，怎能叫他们佩服。老赵出去了。老刘直咳嗽。必定得训话，叫他们得规矩着点。尤老二咳了声，立起来，想擦把脸；还是没有洗脸盆与手巾。他又坐下。训话，说什么呢？不是约他们帮忙的时候已经说明白了吗，对老赵老刘老王老褚不都说的是

那一套么？"多年的朋友，捧我尤老二一场。我尤老二
有饭吃，大家伙儿就饿不着；自己弟兄！"这说过不止
一遍了，能再说么？至于大家的工作，谁还不明白——
反正还不是用黑面上的人拿黑面上的人。这只能心照，
不便实对实的点破。自己的饭碗要紧，脑袋也要紧。要
真打算立功的话，拿几个黑道上的朋友开刀，说不定老
刘们就会把盒子炮往里放。睁一眼闭一眼是必要的，不
能赶尽杀绝；大家日后还得见面。这些话能明说么？怎
么训话呢？看老刘那对眼睛，似乎死了也闭不上。帮忙
是义气，真把山上的规矩一笔钩个净，作不到。不错，
司令派尤老二是为拿反动分子。可是反动分子都是朋友
呢。谁还不知道谁吃几碗干饭？难！

　　尤老二把灰哗叽袍脱了，出来向大家笑了笑。

　　"稽察长！"老刘的眼里有一万个"看不起尤老
二"，"分派分派吧"。

　　尤老二点点头。他得给他们一手看。"等我开个单
子，咱们的事儿得报告给李司令。昨儿个，前两天，不
是我向诸位弟兄研究过？咱们是帮助李司令拿反动派。
我不是说过：李司令把我叫了去，说，老二，我地面上
生啊，老二你得来帮帮忙。我不好意思推辞，跟李司令

也是多年的朋友。我这么一想，有办法。怎么说呢，我想起你们来。我在地面上熟哇，你们可知底呢。咱们一合把，还有什么不行的事。司令，我就说了，交给我了，司令既肯赏饭吃，尤老二还能给脸不兜着？弟兄们，有李司令就有尤老二，有尤老二就有你们。这我早已研究过了。我开个单子，谁管哪里，谁管哪里，合计好了，往上一报，然后再动手，这像官事，是不是？"尤老二笑着问大家。

　　老刘们都没言语。老褚挤了挤眼。可是谁也没感到僵得慌。尤老二不便再说什么，他得去开单子。拿笔唰唰的一写，他想，就得把老刘们唬背过气去。那年老褚绑王三公子的票，不是求尤老二写的通知书么？是的，他得唰唰的写一气。可是笔墨砚呢？这几个伙计简直没办法！"老赵，"尤老二想叫老赵买笔去。可是没说出来。为什么买东西单叫老赵呢？一来到钱上，叫谁去买东西都得有个分寸。这不是山上，可以马马虎虎。这是官事，谁该买东西去，谁该送信去，都应当分配好了。可是这就不容易，买东西有扣头，送信是白跑腿；谁活该白跑腿呢？"啊，没什么，老赵！"先等等买笔吧，想想再说。尤老二心里有点不自在。没想到作稽察长这么啰嗦。差事不算狠甜；也说不上苦来，假若八十元办公费都归自己的话。可是不能都归自己，伙计们都住过山；手儿一紧，还真许尝个黑枣，是玩的吗？这玩艺儿不好办，作着官而带着土匪，算哪道官呢？不带土匪又真不行，专凭尤老二自己去拿反动分子？拿个屁！尤老二摸了摸腰里的家伙："哥儿们，硬的都带着哪？"

大家一齐点了点头。

"妈的怎么都哑巴了？"尤老二心里说。是什么意思呢？是不佩服咱尤老二呢，还是怕呢？点点头，不像自己朋友，不像；有话说呀。看老刘！一脸的官司。尤老二又笑了笑。有点不够官派，大概跟这群家伙还不能讲官派。骂他们一顿也许就骂欢喜了？不敢骂，他不是地道土匪。他知道他是脚踩两只船。他恨自己不是地道土匪，同时又觉得他到底高明，不高明能作官么？点上根烟，想主意，得喂喂这群家伙。办公费可以不撒手，得花点饭钱。

"走哇，弟兄们，五福馆！"尤老二去穿灰哔叽夹袍。

老赵的倭瓜脸裂了纹，好似是熟透了。老刘五十多年制成的石头腮帮笑出两道缝。老王老褚也都复活了，

仿佛是。大家的嗓子里全有了津液，找不着话说也舐舐
嘴唇。

到了五福馆，大家确是自己朋友了，不客气：有的
要水晶肘，有的要全家福，老刘甚至于想吃锅爆鸡，而
且要双上。吃到半饱，大家觉得该研究了。老刘当然先
发言，他的岁数顶大。石头腮帮上红起两块，他喝了口
酒，夹了块肘子，吸了口烟。"稽察长！"他扫了大家
一眼："烟土，暗门子，咱们都能手到擒来。那反——
反什么？可得小心！咱们是干什么的？伤了义气，可合
不着。不是一共才这么一小堆洋钱吗？"

尤老二被酒劲催开了胆量："不是这么说，刘大
哥！李司令派咱们哥几个，就为拿反动派。反动派太
多了，不赶紧下手，李司令就不稳；他吹了，还有咱
们？"

"比如咱们下了手，"老赵的酒气随着烟喷出老远，
"毙上几个，咱们有枪，难道人家就没有？还有一说
呢，咱们能老吃这碗饭吗？这不是怕。"

"谁怕谁是丫头养的！"老褚马上研究出来。

"丫头泥养的！"老赵接了过来："不是怕，也不是
不帮李司令的忙。义气，这是义气！好尤二哥的话，你

虽然帮过我们，公面私面你也比我们见的广，可是你没上过山。"

"我不懂？"尤老二眼看空中，冷笑了声。

"谁说你不懂来着？"葫芦嘴的王小四顿出一句来。

"是这么着，哥儿们，"尤老二想烹他们一下，"捧我尤老二呢，交情；不捧呢，"又向空中一笑，"也没什么。"

"稽察长，"又是老刘，这小子的眼睛老瞪着，"真干也行呀，可有一样，我们是伙计，你是头目；毒儿可全归到你身上去。自己朋友，歹话先说明白了。叫我们去掏人，那容易，没什么。"

尤老二胃中的海参全冰凉了。他就怕的是这个。伙计办下来的，他去报功；反动派要是请吃黑枣，可也先请他！

但是他不能先害怕，事得走着瞧。吃黑枣不大舒服，可是报功得赏却有劲呢。尤老二混过这么些年了，哪宗事不是先下手的为强？要干就得玩真的！四十多了，不为自己，还不为儿子留下点吗儿？都像老刘们还行，顾脑袋不顾屁股，干一辈子黑活，连坟地都没有。尤老二是虚子，会研究，不能只听老刘的。他决定干。他得捧李司令。弄下几案来，说不定还会调到司令部去呢。出来也坐坐汽车什么的！尤老二不能老开着正步上任！

汤使人的胃与气一齐宽畅。三仙汤上来，大家缓和了许多。尤老二虽然还很坚决，可是话软和了些："伙计们，还得捧我尤老二呀，找没什么蹦儿的弄吧——活该他倒霉，咱们多少露一手。你说，腰里带着硬的，净弄些个暗门子，算哪道呢？好啦！咱们就这么办，先找小的，不刺手的办，以后再说。办下来，咱们还是这儿，水晶肘还不坏，是不是？"

"秋天了，以后该吃红焖肘子了。"王小四不大说话，一说可就说到根上。

尤老二决定留王小四陪着他办公，其余的人全出去采访。不必开单子了，等他们采访回来再作报告。是的，他得去买笔墨砚，和洗脸盆。他自己去买，省得有偏有向。应当来个书记，可是忘了和李司令说。暂时先自己写吧，等办下案来再要求添书记；不要太心急，尤老二有根。二爹的儿子，听说，会写字，提拔他一下吧。将来添书记必用二爹的儿子，好啦，头一天上任，总算不含糊。

只顾在路上和王小四瞎扯，笔墨砚到底还是没有买。办公室简直不像办公室。可是也好：唰唰的写一气，只是心里这么想；字这种玩艺唰唰的来的时候，说真的，并不多；要写哪个，哪个偏偏不在家。没笔墨砚也好。办什么呢，可是？应当来份报纸，哪怕是看看广告的图呢。不能老和王小四瞎扯，虽然是老朋友，到底现在是官长与伙计，总得有个分寸。门口已经站过了，茶已喝足，月份牌已翻过了两遍。再没有事可干。盘算盘算家事，还有希望。薪水一百二，办公费八十——即使不能全数落下——每月一百五可靠。慢慢的得买所小房。妈的商二狗，跟张宗昌走了一趟，干落十万！没那个事了，没了。反动派还不就是他们么？哪能都像商二狗，资资本本的看着？谁不是钱到手就迷了头？就拿自己说吧，在税卡子上不是也弄了两三万吗？都哪儿去了？难怪反动呀，吃喝玩乐的惯了，再天天啃窝窝头？受不了，谁也受不了！是的，他们——凭良心说，连尤老二自己——都盼着张督办回来，当然的。妈的，丁三立一个人就存着两箱军用票呢！张要是回来，打开箱子，老丁马上是财主！拿反动派，说不下去，都是老朋友。可是月薪一百二，办公费八十，没法儿。得拿！妈的脑袋掉了碗大的疤，谁能顾得了许多！各自奔前程，谁叫张大帅一时回不来呢。拿，毙几个！尤老二没上过山，多少跟他们不是一伙。

四点多了，老刘们都没回来。这三个家伙是真踩窝子去了，还是玩去了？得定个办公时间，四点半都得回来报告。假如他们干铲儿不回来，像什么公事？没他们是不行，有他们是个累赘，真他妈的。到五点可不能再等；八点上班，五点关门；伙计们可以随时出去，半夜里拿人是常有的事；长官可不能老伺候着。得告诉他们，不大好开口。有什么不好开口，尤老二你不是头目么？马上告诉王小四，王小四哼了一声。什么意思呢？

"五点了，"尤老二看了千佛山一眼，太阳光儿在山头上放着金丝，金光下的秋草还有点绿色。"老王你照应着，明儿八点见。"

王小四的葫芦嘴闭了个严。

第二天早晨，尤老二故意的晚去了半点钟，拿着点劲儿。万一他到了，而伙计们没来，岂不是又得为难？

伙计们却都到了，还是都低着头坐在板凳上吸烟呢。尤老二想揪过一个来揍一顿，一群死鬼！他进了门，他们照旧又都立起来，立起来的很慢，仿佛都害着脚气。尤老二反倒笑了；破口骂才合适，可是究竟不好意思。他得宽宏大量，谁叫轮到自己当头目人呢。他得拿出虚子劲儿，嘻嘻哈哈，满不在乎。

"嗨，老刘，有活儿吗？"多么自然，和气，够味儿；尤老二心中夸赞着自己的话。

"活儿有，"老刘瞪着眼，还是一脸的官司，"没办。"

"怎么不办呢？"尤老二笑着。

"不用办，待会了他们自己来。"

"呕！"尤老二打算再笑，没笑出来。"你们呢？"他问老赵和老褚。

两人一齐摇了摇头。

"今天还出去吗？"老刘问。

"啊，等等，"尤老二进了里屋，"我想想看。"回头看了一眼，他们又都坐下了，眼看着烟头，一声不发，一群死鬼。

坐下，尤老二心里打开了鼓——他们自己来？不能细问老刘，硬输给他们，不能叫伙计小看了。什么意思呢，他们自己来？不能和老刘研究，等着就是了。还打发老刘们出去不呢？这得马上决定："嗨，老褚！你走你的，睁着点眼，听见没有？"他等着大家笑，大家一笑便是欣赏他的胆量与幽默；大家没笑。"老刘，你等等再走。他们不是找我来吗？咱俩得陪陪他们。都是老朋友。"他没往下分派，老王老赵还是不走好，人多好凑胆子。可是他们要出去呢，也不便拦阻；干这行儿还能不要玄虚么？等他们问上来再讲。老王老赵都没出声，还算好。"他们来几个？"话到嘴边上又咽了回去。反正尤老二这儿有三个伙计呢，全有硬家伙。他们要是来一群呢，那只好闭眼。走到哪儿说哪儿，禽！

还没报纸！哪像办公的样！况且长官得等着反动派，太难了。给司令部个电话，派一队来，来一个拿一个，全毙！不行，别太急了，看看再讲。九点半了，"嗨，老刘，什么时候来呀？"

"也快，稽察长！"老刘这小子有点故意的看哈哈笑。

"报！叫卖报的！"尤老二非看报不可了。

买了份大早报，尤老二找本地新闻，出着声儿念。非哼哼的念，念不上句来。他妈的女招待的姓别扭，不认识。别扭！哼哼，软一下，女招待的姓！

"稽察长！他们来了。"老刘特别的规矩。

尤老二不慌，放下姓别扭的女招待，轻轻的。"进来！"摸了摸腰中的家伙。

进来了一串。为首的是大个儿杨；紧跟着花眉毛，也是大傻个儿；猴四被俩大个子夹在中间，特别显着小；马六，曹大嘴，白张飞，都跟进来。

"尤老二！"大家一齐叫了声。

尤老二得承认他认识这一群，站起来笑着。

大家都说话，话便挤到了一处。嚷嚷了半天，全忘记了自己说的是什么。

"杨大个儿，你一个人说；嗨，听大个儿说！"大家的意见渐归一致，彼此的劝告："听大个儿的！"

杨大个儿——或是大个儿杨，全是一样的——拧了拧眉毛，弯下点腰，手按在桌上，嘴几乎顶住尤老二的鼻子："尤老二，我们给你来贺喜！"

"听着！"白张飞给猴四背上一拳。

"贺喜可是贺喜，你得请请我们。按说我们得请你，可是哥儿们这几天都短这个，"食指和拇指成了圈形。"所以呀，你得请我们。"

"好哥儿们的话啦。"尤老二接了过去。

"尤老二，"大个儿杨又接回去。"倒用不着你下帖，请吃馆子，用不着。我们要这个，"食指和拇指成了圈形。"你请我们坐车就结了。"

"请坐车？"尤老二问。

"请坐车！"大个儿有心事似的点点头。"你看，尤老二，你既然管了地面，我们弟兄还能作活儿吗？都是朋友。你来，我们滚。你来，我们滚；咱们不能抓破了脸。你作你的官，我们上我们的山。路费，你的事。好说好散，日后咱们还见面呢。"大个儿杨回头问大家："是这么说不是？"

"对，就是这几句；听尤老二的了！"猴四把话先抢到。

尤老二没想到过这个。事情容易，没想到能这么容易。可是，谁也没想到能这么难。现在这群是六个，都请坐车；再来六十个，六百个呢，也都请坐车？再说，李司令是叫抓他们；若是都送车费，好话说着，一位一位的送走，算什么办法呢？钱从哪儿来呢？这大概不能向李司令要吧？就凭自己的一百二薪水，八十块办公，送大家走？可是说回来，这群家伙确是讲面子，一声难听的没有："你来，我们滚。"多么干脆，多么自己。事情又真容易，假如有人肯出钱的话。他笑着，让大家喝水，心中拿不定主意。他不敢得罪他们，他们会说好的，也有真厉害的。他们说滚，必定滚；可是，不给钱可滚不了。他的八十块办公费要连根烂。他还得装作愿意拿的样子，他们不吃硬的。

"得多少？朋友们！"他满不在乎似的问。

"一人十拉块钱吧。"大个儿杨代表大家回答。

"就是个车钱，到山上就好办了。"猴四补充上。

"今天后响就走，朋友，说到哪儿办到哪儿！"曹大嘴说。

尤老二不能脆快，一人十块就是六十呀！八十办公费，去了四分之三！

"尤老二，"白张飞有点不耐烦，"干脆拍出六十块来，咱们再见。有我们没你，有你没我们，这不痛快？你拿钱，我们滚。你不——不用说了，咱们心照。好汉不必费话，三言两语。尤二哥，咱老张手背向下，和你讨个车钱！"

"好了，我们哥儿们全手背朝下了，日后再补付，哥儿们不是一天半天的交情！"杨大个儿领头，大家随着；虽然词句不大一样，意思可是相同。

尤老二不能再说别的了，从"腰里硬"里掏出皮夹来，点了六张十块的："哥儿们！"他没笑出来。

杨大个儿们一齐叫了声"哥儿们"。猴四把票子卷巴卷巴塞在腰里："再见了，哥儿们！"大家走出来，和老刘们点了头："多咱山上见哪？"老刘们都笑了笑，送出门外。

尤老二心里难过的发空。早知道，调兵把六个家伙全扣住！可是，也许这么善办更好；日后还要见面呀。六十块可出去了呢；假如再来这么几当儿，连一百二的薪水赔上也不够！作哪道稽察长呢？稽察长叫反动派给炸了酱，哑巴吃黄连，苦说不出！老刘是好意呢，还是玩坏？得问问他！不拿土匪，而把土匪叫来，什么官事呢？还不能跟老刘太紧了，他也会上山。不用他还不行呢；得罪了谁也不成，这年头。假若自己一上任就带几个生手，哼，还许登时就吃了黑枣儿；六十块钱买条命，前后一合算，也还值得。尤老二没办法，过去的不用再提就怕明儿个又来一群要路费的！不能对老刘们说这个，自己得笑，得让他们看清楚：尤老二对朋友不含糊，六十就六十，一百就一百，不含糊；可是六十就六十，一百就一百，自己吃什么呢，稽察长喝西北风，那才有根！

尤老二又拿起报纸来，没劲！什么都没劲，六十块这么窝窝囊囊的出去，真没劲。看重了命，就得看不起自己；命好像不是自己的，得用钱买，他妈的！总得佩服猴四们，真敢来和稽察长要路费！就不怕登时被捉吗？竟自不怕，邪！丢人的是尤老二，不用说拿他们呀，连句硬张话都没敢说，好泄气！以后再说，再不能这么软！为当稽察长把自己弄软了，那才合不着。稽察长就得拿人，没第二句话！女招待的姓真别扭。老褚回来了。

老褚反正得进来报告，稽察长还能赶上去问么。老褚和老赵聊上了；等着，看他进来不；土匪们，没有道理可讲。

老褚进来了："尤——稽察长！报告！城北窝着一群朋——啊，什么来着？动——动子！去看看？"

"在哪儿？"尤老二不能再怕；六十块被敲出去，以后命就是命了，太爷哪儿也敢去。

"湖边上。"老褚知道地方。

"带家伙，老褚，走！"尤老二不含糊。坐窝儿掏！不用打算再叫稽察长出路费。

"就咱俩去？"老褚真会激人哪。

"告诉我地方，自己去也行，什么话呢！"尤老二拼了，不玩命，他们也不晓得稽察长多钱一斤。好吗，净开路费，一案办不下来，怎么对李司令呢？一百二的薪水！

老褚没言语，灌了碗茶，预备着走的样儿。尤老二带理不理的走出来，老褚后面跟着。尤老二觉得顺了点气，也硬了点胆子来。说真的，到底两人比一个挡事的多，遇到事多少可以研究研究。

湖边上有个鼻子眼大小的胡同，里边会有个小店。尤老二的地面多熟，竟自会不知道这家小店。看着就像贼窝！忘了多带伙计！尤老二，他叫着自己，白闯练了这么多年，还是气浮哇！怎么不多带人呢？为什么和伙计们斗气呢？

可是，既来之则安之，走哇。也得给伙计们一手瞧瞧，咱尤老二没住过山哪，也不含糊！咱要是掏出那么一个半个的来，再说话可就灵验多了。看运气吧；也许是玩完，谁知道呢。"老褚，你堵门是我堵门？"

"这不是他们？"老褚往门里一指，"用不着堵，谁也不想跑。"

又是活局子！对，他们讲义气，他妈的。尤老二往门里打了一眼，几个家伙全在小过道里坐着呢。花蝴蝶，鼻子六儿，宋占魁，小得胜，还有俩不认识的；完了，又是熟人！

"进来，尤老二，我们连给你贺喜都不敢去，来吧，看看我们这群。过来见见，张狗子，徐元宝。尤老二。老朋友，自己弟兄。"大家东一句西一句，扯的非常亲热。

"坐下吧，尤老二。"小得胜——爸爸老得胜刚在河南正了法——特别的客气。

尤老二恨自己，怎么找不到话说呢？倒是老褚漂亮："弟兄们，稽察长亲自来了，有话就说吧。"

稽察长笑着点了点头。

"那么，咱们就说干脆的，"鼻子六儿扯了过来，"宋大哥，带尤二哥看看吧！"

"尤二哥，这边！"宋占魁用大拇指往肩后一挑，进了间小屋。

尤老二跟过去，准没危险，他看出来。要玩命都玩不成，别扭不别扭？小屋里漆黑，地上潮得出味儿，靠墙有个小床，铺着点草。宋占魁把床拉出来，蹲在屋角，把湿漉漉的砖起了两三块，掏出几杆小家伙来，全扔在了床上。

"就是这一堆！"宋占魁笑了笑，在襟上擦擦手：

"风太紧，带着这个，我们连火车也上不去！弟兄们就算困在这儿了。老褚来，我们才知道你上去了。我们可就有了办法。这一堆交给你，你给点车钱，叫老褚送我们上火车。行也得行，不行也得行，弟兄们求到你这儿了！"

尤老二要吐！潮气直钻脑子。他捂上了鼻子。"交给我算怎么回事呢？"他退到屋门那溜儿。"我不能给你们看着家伙！"

"可我们带不了走呢，太紧！"宋占魁非常的恳切。

"我拿去也可以，可是得报官；拿不着人，报点家伙也是好的！也得给我想想啊，是不是？"尤老二自己听着自己的话都生气。太软了。尤老二！

"尤老二，你随便吧！"

尤老二本希望说僵了哇。

"随便吧，尤老二你知道，干我们这行的但分有法，能扔家伙不能？你怎办怎好。我们只求马上跑出去。没有你，我们走不了；叫老褚送我们上车。"

土匪对稽察长下了命令，自己弟兄！尤老二没的可说，没主意，没劲。主意有哇，用不上！身分是有哇，用不上！他显露了原形，直抓头皮。拿了家伙敢报官吗？况且，敢不拿着吗？嘿，送了车费，临完得给他们看家伙，哪道公事呢？尤老二只有一条路：不拿那些家伙也不送车钱，随他们去。可是，敢吗？下手拿他们，更不用想。湖岸上随时可以扔下一个半个的死尸，尤老二不愿意来个水葬。

"尤老二，"宋大哥非常的诚恳，"狗玩的不知道你为难；我们可也真没法。家伙你收着，给我们俩钱。后话不说，心照！"

"要多少？"尤老二笑得真伤心。

"六六三十六，多要一块是杂种！三十六块大洋！"

"家伙我可不管。"

"随便，反正我们带不了走。空身走，捉住不过是半年；带着硬的，不吃黑枣也差不多！实话！怕不怕，咱们自己哥儿们用不着吹腾；该小心也得小心。好了，二哥，三十六块，后会有期！"宋大哥伸了手。

三十六块过了手。稽察长没办法。"老褚，这些家伙怎办？"

"拿回去再说吧。"老褚很有根。

"老褚，"他们叫，"送我们上车！"

"尤二哥，"他们很客气，"谢谢啦！"

　　尤二哥只落了个"谢谢"。把家伙全拢起来，没法拿。只好和老褚分着插在腰间。多威武，一腰的家伙。想开枪都不行，人家完全信任尤二哥，就那么交出枪来，人家想不到尤二哥会翻脸不认人。尤老二连想拿他们也不想了，他们有根，得佩服他们！八十块办公费，赔出十六块去！尤老二没办法。一百二的薪水也保不住，大概！

　　尤老二的午饭吃得不香，倒喝了两盅窝心酒。什么也不用说了，自己没本事！对不起李司令，尤老二不是不顾脸的人。看吧，再有这么一当子，只好辞职，他心里研究着。多么难堪，辞职！这年头哪里去找一百二的事？再找李司令，万难。拿不了匪，倒叫匪给拿了，多么大的笑话！人家上了山以后，管保还笑着俺尤老二。尤老二整个是个笑话！越想越懊心。

　　只好先办烟土吧。烟土算反动不算呢？算，也没劲哪！反正不能辞职，先办办烟土也好。尤老二决定了政策。不再提反动。过些日子再说。老刘们办烟土是有把握的。

　　一个星期里，办下几件烟土来。李司令可是嘱咐办反动派！他不能催伙计们，办公费已经贴出十六块了。

是个星期一吧，伙计们都出去踩烟土，（烟土！）进了个傻大黑粗的家伙，大摇大摆的。

"尤老二！"黑脸上笑着。

"谁？钱五！你好大胆子！"

"有尤老二哥在这儿，我怕谁。"钱五坐下了："给根烟吃吃。"

"干吗来了？"尤老二摸了摸腰里——又是路费！

"来？一来贺喜，二来道谢！他们全到了山上，很念你的好处！真的！"

"呕他们并没笑话我！"尤老二心里说。

"二哥！"钱五掏出一卷票子来："不说什么了，不能叫你赔钱。弟兄们全到了山上，永远念你的好处。"

"这——"尤老二必须客气一下。

"别说什么，二哥，收下吧！宋大哥的家伙呢？"

"我是管看家伙的？"尤老二没敢说出来。"老褚手里呢。"

"好啦，二哥，我和老褚去要。"

"你从山上来？"尤老二觉得该闲扯了。

"从山上来，来劝你别往下干了。"钱五很诚恳。

"叫我辞职？"

"就是！你算是我们的人也好，不算也好。论事说，有你没我们，有我们没你。论人说，你待弟兄们好，我们也待你好。你不用再干了。话说到这儿为止。我在山上有三百多人，可是我亲自来了，朋友吗！我叫你不干，你顶好就不干。明白人不用多费话。我走了，二哥。告诉老褚我在湖边小店里等他。"

"再告诉我一句，"尤老二立起来，"我不干了，朋友们怎想？"

"没人笑话你！怕笑，二哥？好了，再见！"

稽察长换了人，过了两三天吧。尤老二，胖胖的，常在街上溜着，有时候也看千佛山一眼。

牺　牲

　　言语是奇怪的东西。拿种类说，几乎一个人有一种言语。只有某人才用某几个字，用法完全是他自己的；除非你明白这整个的人，你决不能了解这几个字。你一辈子也未必明白得了几个人，对于言语乘早不用抱多大的希望；一个语言学家不见得能都明白他太太的话，要不然语言学家怎会有时候被太太罚跪在床前呢。

　　我认识毛先生还是三年前的事。我们俩初次见面的光景，我还记得很清楚，因为我不懂他的话，所以十分注意的听他自己解释，因而附带的也记住了当时的情形。我不懂他的话，可不是因为他不会说国语。他的国语就是经国语推行委员会考试也得公公道道的给八十分。我听得很清楚，但是不明白。假如他用他自己的话写一篇小说，极精美的印出来，我一定还是不明白，除非每句都有他自己的注解。

那正是个晴美的秋天，树叶刚有些黄的；蝴蝶们还和不少的秋花游戏着。这是那种特别的天气：在屋里吧，作不下工去，外边好像有点什么向你招手；出来吧，也并没什么一定可作的事，使人觉得工作可惜，不工作也可惜。我就正这么进退两难，看看窗外的天光，我想飞到那蓝色的空中去；继而一想，飞到那里又干什么呢？立起来，又坐下，好多次了，正像外边的小蝶那样飞起去又落下来。秋光把人与蝶都支使得不知怎样好了。

最后，我决定出去看个朋友，仿佛看朋友到底像回事，而可以原谅自己似的。来到街上，我还没有决定去找哪个朋友。天气给了我个建议。这样晴爽的天，当然是到空旷的地方去，我便想到光惠大学去找老梅，因为大学既在城外，又有很大的校园。

从楼下我就知道老梅是在屋里呢：他屋子的窗户都开着，窗台上还晒着两条雪白的手巾。我喊了他一声，他登时探出头来，头发在阳光下闪出个白圈儿似的。他招呼我上去，我便连蹦带跳的上了楼。不仅是他的屋子，楼上各处的门与窗都开着呢，一块块的阳光印在地板上，使人觉得非常的痛快。老梅在门口迎接我。他踢拉着鞋片，穿着短衣，看着很自在；我想他大概是没有功课。

"好天气？！"我们俩不约而同的问出来，同时也都带出赞美的意思。

屋里敢情还有一位呢，我不认识。

老梅的手在我与那位的中间一拉线，我们立刻郑重的带出笑容，而后彼此点头，牙都露出点来，预备问"贵姓"。可是老梅都替我们说了："——君：毛博士。"我们又彼此龇了龇牙。我坐在老梅的床上；毛博士背靠着窗，斜向屋门立着；老梅反倒坐在把椅子上；不是他们俩很熟，就是老梅不大敬重这位博士，我想。

一边和老梅闲扯，我一边端详这位博士。这个人有点特别。他是"全份武装"的穿着洋服，该怎样的全就怎样了，例如手绢是在胸袋里掖着，领带上别着个针，表链在背心中下部横着，皮鞋尖擦得很亮等等。可是衣裳至少也像穿过三年的，鞋底厚得不很自然，显然是曾经换过掌儿。他不是"穿"洋服呢，倒好像是为谁许下了愿，发誓洋装三年似的；手绢必放在这儿，领带的针必别在那儿，都是一种责任，一种宗教上的律条。他不使人觉到穿西服的洋味儿，而令人联想到孝子扶杖披麻的那股勉强劲儿。

　　他的脸斜对着屋门，原来门旁的墙上有一面不小的镜子，他是照镜子玩呢。他的脸是两头跷，中间洼，像个元宝筐儿，鼻子好像是睡摇篮呢。眼睛因地势的关系——在元宝翅的溜坡上——也显着很深，像两个小圆槽，槽底上有点黑水；下巴往起跷着，因而下齿特别的向外，仿佛老和上齿顶得你出不来我进不去的。

　　他的身量不高，身上不算胖，也说不上瘦，恰好支得起那身责任洋服，可又不怎么带劲。脖子上安着那个元宝脑袋，脑袋上很负责的长着一大下黑头发，过度负责的梳得极光滑。

　　他照着镜子，照得有来有去的，似乎很能欣赏他自己的美好。可是我看他特别。他是背着阳光，所以脸的中部有点黑暗，因为那块十分的低洼。一看这点洼而暗的地方，我就赶紧向窗外看看，生怕是忽然阴了天。这位博士把那么晴好的天气都带累得使人怀疑它了。这个人别扭。

　　他似乎没心听我们俩说什么，同时他又舍不得走开；非常的无聊，因为无聊所以特别注意他自己。他让我想到：这个人的穿洋服与生活着都是一种责任。

　　我不记得我们是正说什么呢，他忽然转过脸来，低洼的眼睛闭上了一小会儿，仿佛向心里找点什么。及至眼又睁开，他的嘴刚要笑就又改变了计划，改为微声叹了口气，大概是表示他并没在心中找到什么。他的心里也许完全是空的。

"怎样，博士？"老梅的口气带出来他确是对博士有点不敬重。

博士似乎没感觉到这个。利用叹气的方便，他吹了一口："噗！"仿佛天气很热似的。"牺牲太大了！"他说，把身子放在把椅子上，脚伸出很远去。

"哈佛的博士，受这个洋罪，哎？"老梅一定是拿博士开心呢。

"真哪！"博士的语声差不多是颤着："真哪！一个人不该受这个罪！没有女朋友，没有电影看……"他停了会儿，好像再也想不起他还需要什么——使我当时很纳闷，于是总而言之来了一句："什么也没有！"幸而他的眼是那样洼，不然一定早已落下泪来；他千真万确的是很难过。

"要是在美国？"老梅又帮了一句腔。

"真哪！哪怕是在上海呢：电影是好的，女朋友是多的……"他又止住了。

　　除了女人和电影，大概他心里没"吗儿"了，我想。我试了他一句："毛博士，北方的大戏好啊，倒可以看看。"

　　他愣了半天才回答出来："听外国朋友说，中国戏野蛮！"

　　我们都没了话。我有点坐不住了。待了半天，我建议去洗澡；城里新开了一家澡堂，据说设备得很不错。我本是约老梅去，但不能不招呼毛博士一声，他既是在这儿，况且又那么寂寞。

　　博士摇了摇头："危险哪！"

　　我又胡涂了；一向在外边洗澡，还没淹死我一回呢。

　　"女人按摩！澡盆里……"他似乎很害怕。

　　明白了：他心中除了美国，只有上海。

　　"此地与上海不同。"我给他解释了这些。

　　"可是中国还有哪里比上海更文明？"他这回居然笑了，笑得很不顺眼——嘴差点碰到脑门，鼻子完全陷进去。

　　"可是上海又比不了美国？"老梅是有点故意开玩笑。

　　"真哪！"博士又郑重起来："美国家家有澡盆，美国的旅馆间间房子有澡盆！要洗，花——一放水：凉的热的，随意对；要换一盆，花——把陈水放了，从新换一盆，花——"他一气说完，每个"花"字都带着些吐沫星，好像他的嘴就是美国的自来水龙头。最后他找补了一小句："中国人脏得很！"

老梅乘博士"花花"的工夫，已把袍子，鞋，穿好。

博士先走出去，说了一声，"再见哪"。说得非常的难听，好像心里满蓄着眼泪似的。他是舍不得我们，他真寂寞；可是他又不能上"中国"澡堂去，无论是多么干净！

等到我们下了楼，走到院中，我看见博士在一个楼窗里面望着我们呢。阳光斜射在他的头上，鼻子的影儿给脸上印了一小块黑；他的上身前后的微动，那个小黑块也忽长忽短的动。我们快走到校门了，我回了回头，他还在那儿立着；独自和阳光反抗呢，仿佛是。

在路上，和在澡堂里，老梅有几次要提说毛博士，我都没接碴儿。他对博士有点不敬，我不愿被他的意见给我对那个人的印象加上什么颜色，虽然毛博士给我的印象并不甚好。我还不大明白他，我只觉得他像个半生不熟的什么东西——他既不是上海的小流氓，也不是美

国华侨的子孙：不像中国人，也不像外国人。他好像是
没有根儿。我的观察不见得正确，可是不希望老梅来帮
忙；我愿自己看清楚了他。在一方面，我觉得他别扭；
在另一方面，我觉得他很有趣——不是值得交往，是
"龙生九种，种种各别"的那种有趣。

　　不久，我就得到了个机会。老梅托我给代课。老梅
是这么个人：谁也不知道他怎样布置的，每学期中他总
得请上至少两三个礼拜的假。这一回是，据他说，因为
他的大侄子被疯狗咬了，非回家几天不可。

　　老梅把钥匙交给了我，我虽不在他那儿睡，可是在
那里休息和预备功课。

　　过了两天，我觉出来，我并不能在那儿休息和预备
功课。只要我一到那儿，毛博士——正好像他的姓有些
作用——毛儿似的就飞了来。这个人寂寞。有时候他的
眼角还带着点泪，仿佛是正在屋里哭，听见我到了，赶
紧跑过来，连泪也没顾得擦。因此，我老给他个笑脸，
虽然他不叫我安安顿顿的休息会儿。

　　虽然是菊花时节了，可是北方的秋晴还不至使健康
的人长吁短叹的悲秋。毛博士可还是那么忧郁。我一看
见他，就得望望天色。他仿佛会自己制造一种苦雨凄风

的境界，能把屋里的阳光给赶了出去。

几天的工夫，我稍微明白些他的言语了。他有这个好处：他能满不理会别人怎么向他发愣。谁爱发愣谁发愣，他说他的。他不管言语本是要彼此传达心意的；跟他谈话，我得设想着：我是个留声机，他也是个留声机；说就是了，不用管谁明白谁不明白。怪不得老梅拿博士开玩笑呢，谁能和个留声机推心置腹的交朋友呢？

不管他怎样吧，我总想治治他的寂苦；年青青的不该这样。

我自然不敢再提洗澡与听戏。出去走走总该行了。

"怎能一个人走呢？真！"博士又叹了口气。

"一个人怎就不能走呢？"我问。

"你总得享受生命吧？"他反攻了。

"啊！"我敢起誓，我没这么胡涂过。

"一个人去走！"他的眼睛，虽然那么洼，冒出些火来。

"我陪着你，那么？"

"你又不是女人。"他叹了口长气。

我这才明白过来。

待了半天，他又找补了句："中国人太脏，街上也没法走。"

　　此路不通，我又转了弯。"找朋友吃小馆去，打网球去；或是独自看点小说，练练字……"我把小布尔乔亚的谋杀光阴的办法提出一大堆；有他那套责任洋服在面前，我不敢提那些更有意义的事儿。

　　他的回答倒还一致，一句话抄百宗：没有女人，什么也不能干。

　　"那么，找女人去好啦！"我看准阵势，总攻击了。"那不是什么难事。"

　　"可是牺牲又太大了！"他又放了个胡涂炮。

　　"嗯？"也好，我倒有机会练习眨巴眼了；他算把我引入了迷魂阵。

　　"你得给她买东西吧？你得请她看电影，吃饭吧？"他好像是审我呢。

　　我心里说："我管你呢！"

　　"自然是得买，自然是得请。这是美国的规矩，必定要这样。可是中国人穷啊；我，哈佛的博士，才一个月拿二百块洋钱——我得要求加薪！——哪里省得出这一笔费用？"他显然是说开了头，我很注意的听。"要是花了这么笔钱，就顺当的定婚结婚，也倒好了，虽然定婚要花许多钱，还能不买俩金戒指么？金价这么贵！结婚要花许多钱，蜜月必须到别处玩去，美国的规矩。家中也得安置一下：钢丝床是必要的，洋澡盆是必要的，沙发是必要的，钢琴是必要的，地毯是必要的。哎，中国地毯还好，连美国人也喜爱它！这得用几多钱？这还是顺当的话，假如你花了许多钱买东西，请看电影，她不要你呢？钱不是空花了？！美国常有这种事呀，可是美国人富哇。拿哈佛说，男女的交际，单讲吃冰激凌的钱，中国人也花不起！你看——"

我等了半天，他也没往下说，大概是把话头忘了；也许是被"中国"气迷糊了。

我对这个人没办法。他只好苦闷他的吧。

在老梅回来以前，我天天听到些美国的规矩，与中国的野蛮。还就是上海好一些，不幸上海还有许多中国人，这就把上海的地位低降了一大些。对于上海，他有点害怕：野鸡，强盗，杀人放火的事，什么危险都有，都因为有中国人。他眼中的中国人，完全和美国电影中的一样。"你必须用美国的精神作事，必须用美国人的眼光看事呀！"他谈到高兴的时候——还算好，他能因为谈讲美国而偶尔的笑一笑——老这样嘱咐我。什么是美国精神呢？他不能简单的告诉我。他得慢慢的讲述事实，例如家中必须有澡盆，出门必坐汽车，到处有电影园，男人都有女朋友，冬天屋里的温度在七十以上，女人们好看，客厅必有地毯……我把这些事都串在一处，还是不大明白美国精神。

老梅回来了，我觉得有点失望：我很希望能一气明白了毛博士，可是老梅一回来，我不能天天见他了。这也不能怨老梅。本来吗，咬他的侄子的狗并不是疯的，他还能不回来吗？

把功课教到哪里交待明白了，我约老梅去吃饭。就手儿请上毛博士。我要看看到底他是不能享受"中国"式的交际呢，还是他舍不得钱。

他不去。可是善意的辞谢："我们年青的人应当省点钱，何必出去吃饭呢？我们将来必须有个小家庭，像美国那样的。钢丝床，澡盆，电炉，"说到这儿，他似乎看出一个理想的小乐园：一对儿现代的亚当夏娃在电灯下低语。"沙发，两人读着《结婚的爱》，那是真正的快乐，真哪！现在得省着点……"

我没等他说完，扯着他就走。对于不肯花钱，是他有他的计划与目的，假如他的话是可信的；好了，我看看他享受一顿可口的饭不享受。

到了饭馆，我才明白了，他真不能享受！他不点菜，他不懂中国菜。"美国也很多中国饭铺，真哪。可是，中国菜到底是不卫生的。上海好，吃西餐是方便的。约上女朋友吃吃西餐，倒那个！"

我真有心告诉他，把他的姓改为"毛尔"或"毛利司"，岂不很那个？可是没好意思。我和老梅要了菜。

菜来了，毛博士吃得确不带劲。他的洼脸上好像要滴下水来，时时的向着桌上发愣。老梅又开玩笑了：

"要是有两三个女朋友，博士？"

博士忽然的醒过来："一男一女，人多了是不行的。真哪。在自己的小家庭里，两个人炖一只鸡吃吃，真惬意！"

"也永远不请客？"老梅是能板着脸装傻的。

"美国人不像中国人这样乱交朋友，中国人太好交朋友了，太不懂爱惜时间，不行的！"毛博士指着脸子教训老梅。

我和老梅都没挂气；这位博士确是真诚，他真不喜欢中国人的一切——除了地毯。他生在中国，最大的牺牲，可是没法儿改善。他只能厌恶中国人，而想用全力组织个美国式的小家庭，给生命与中国增点光。自然，我不能相信美国精神就像是他所形容的那样，但是他所看见的那些，他都虔诚的信仰，澡盆和沙发是他的上帝。我也想到，设若他在美国就像他在中国这样，大概他也是没看见什么。可是他确看见了美国的电影园，确看见了中国人不干净，那就没法办了。

因此，我更对他注意了。我决不会治好他的苦闷，也不想分这份神了。我要看清楚他到底是怎回事。

虽然不给老梅代课了，可还不断找他去，因此也常常看到毛博士。有时候老梅不在，我便到毛博士屋里坐坐。

博士的屋里没有多少东西。一张小床，旁边放着一大一小两个铁箱。一张小桌，铺着雪白的桌布，摆着点文具，都是美国货。两把椅子，一张为坐人，一张永远坐着架打字机。另有一张摇椅，放着个为卖给洋人的团龙绣枕。他没事儿便在这张椅上摇，大概是想把光阴摇得无奈何了，也许能快一点使他达到那个目的。窗台上放着几本洋书。墙上有一面哈佛的班旗，几张在美国照的像片。屋里最带中国味的东西便是毛博士自己，虽然他也许不愿这么承认。

到他屋里去过不是一次了，始终没看见他摆过一盆鲜花，或是贴上一张风景画或照片。有时候他在校园里偷折一朵小花，那只为插在他的洋服上。这个人的理想完全是在创造一个人为的，美国式的，暖洁的小家庭。我可以想到，设若这个理想的小家庭有朝一日实现了，他必定终日放着窗帘，就是外面的天色变成紫的，或是太阳从西边出来，他也没那么大工夫去看一眼。大概除了他自己与他那点美国精神，宇宙一切并不存在。

　　在事实上也证明了这个。我们的谈话限于金钱，洋服，女人，结婚，美国电影。有时候我提到政治，社会的情形，文艺，和其他的我偶尔想起或轰动一时的事，他都不接碴儿。不过，设若这些事与美国有关系，他还肯敷衍几句，可是他另有个说法。比如谈到美国政治，他便告诉我一件事实：美国某议员结婚的时候，新夫妇怎样的坐着汽车到某礼拜堂，有多少巡警去维持秩序，因此教堂外观者如山如海！对别的事也是如此，他心目中的政治，美术，和无论什么，都是结婚与中产阶级文化的光华方面的附属物。至于中国，中国还有政治，艺术，社会问题等等？他最恨中国电影；中国电影不好，当然其他的一切也不好。对中国电影最不满意的地方便是男女不搂紧了热吻。

　　几年的哈佛，使他得到那点美国精神，这我明白。我不明白的是：难道他不是生在中国？他的家庭不是中国的？他没在中国——在上美国以前——至少活了二十来岁？为什么这样不明白不关心中国呢？

　　我试验多少次了，他的家中情形如何，求学与作事的经验……哼！他的嘴比石头子儿还结实！这就奇怪了，他永远赶着别人来闲扯，可是他又不肯说自己的事！

　　和他交往了快一年了，我似乎看出点来：这位博士并不像我所想的那么简单。即使他是简单，他的简单必是另一种。他必是有一种什么宗教性的戒律，使他简单而又深密。

　　他既不放松了嘴，我只好从新估定他的外表了。每逢我问到他个人的事，我留神看他的脸。他不回答我的问题，可是他的脸并没完全闲着。他一定不是个坏人，他的脸卖了他自己。他的深密没能完全胜过他的简单，可是他必须要深密。或者这就是毛博士之所以为毛博士了；要不然，还有什么活头呢。人必须有点抓得住自己的东西。有的人把这点东西永远放在嘴边上，有的人把它永远埋在心里头。办法不同，立意是一个样的。

毛博士想把自己拴在自己的心上。他的美国精神与理想的小家庭是挂在嘴边的，可是在这后面，必是在这"后面"，才是真的他。

他的脸，在我试问他的时候，好像特别的洼了。从那最洼的地方发出一点黑晦，慢慢的布满了全脸，像片雾影。他的眼，本来就低深不易看到，此时便更往深处去了，仿佛要完全藏起去。他那些彼此永远挤着的牙轻轻咬那么几下，耳根有点动，似乎是把心中的事严严的关住，唯恐走了一点风。然后，他的眼忽然的发出些光，脸上那层黑影渐渐的卷起，都卷入头发里去。"真哪"！他不定说什么呢，与我所问的没有万分之一的关系。他胜利了，过了半天还用眼角瞭我几下。

只设想他一生下来便是美国博士，虽然是简截的办法，但是太不成话。问是问不出来，只好等着吧。反正他不能老在那张椅上摇着玩，而一点别的不干。

光阴会把人事筛出来。果然，我等到一件事。

快到暑假了，我找老梅去。见着老梅，我当然希望也见到那位苦闷的象征。可是博士并没露面。

我向外边一歪头："那位呢"？

"一个多星期没露面了。"老梅说。

"怎么了？"

"据别人说，他要辞职，我也知道的不多，"老梅笑了笑，"你晓得，他不和别人谈私事。"

"别人都怎说来？"我确是很热心的打听。

"他们说，他和学校订了三年的合同。"

"你是几年？"

"我们都没合同，学校只给我们一年的聘书。"

"怎么单单他有呢？"

"美国精神，不订合同他不干。"

整像毛博士！

老梅接着说："他们说，他的合同是中英文各一份，虽然学校是中国人办的。博士大概对中国文字不十分信任。他们说，合同订的是三年之内两方面谁也不能辞谁，不得要求加薪，也不准减薪。双方签字，美国精神。可是，干了一年——这不是快到暑假了吗——他要求加薪，不然，他暑后就不来了。"

"呕，"我的脑子转了个圈。"合同呢？"

"立合同的时候是美国精神，不守合同的时候便是中国精神了。"老梅的嘴往往失于刻薄。

可是他这句话暗示出不少有意思的意思来。老梅也许是顺口的这么一说，可是正说到我的心坎上。"学校呢？"我问。

"据他们说，学校拒绝了他的请求；当然的，有合同吗。"

"他呢？"

"谁知道！他自己的事不对别人讲。就是跟学校有什么交涉，他也永远是写信，他有打字机。"

"学校不给他增薪，他能不干了吗？"

"没告诉你吗，没人知道？"老梅似乎有点看不起我。"他不干，是他自己失了信用；可是我准知道，学校也不会拿着合同跟他打官司，谁有工夫闹闲气。"

"你也不知道他要求增薪的理由？呕，我是胡涂虫！"我自动的撤销这一句，可是又从另一方面提出一句来："似乎应当有人去劝劝他！"

"你去吧，没我！"老梅又笑了。"请他吃饭，不吃；喝酒，不喝；问他什么，不说；他要说的，别人听着没味儿；这么个人，谁有法儿像个朋友似的去劝告呢？"

"你可也不能说，这位先生不是很有趣的？"

"那要凭怎么看了。病理学家看疯人都很有趣。"

老梅的语气不对，我听着。想了想，我问他：

"老梅，博士得罪了你吧？我知道你一向对他不敬，可是——"

他笑了。"耳朵还不离，有你的！近来真有点讨厌他了。一天到晚，女人女人女人，谁那么爱听！"

"这还不是真正的原因。"我又给了他一句。我深知道老梅的为人：他不轻易佩服谁；可是谁要是真得罪了他，他也不轻易的对别人讲论。原先他对博士不敬，并无多少含意，所以倒肯随便的谈论；此刻，博士必是真得罪了他，他所以不愿说了，不过，经我这么一问，他也没了办法。

"告诉你吧，"他很勉强的一笑，"有一天，博士问我，梅先生，你也是教授？我就说了，学校这么请的我，我也没法。可是，他说，你并不是美国的博士？我说，我不是；美国博士值几个子儿一枚？我问他。他没说什么，可是脸完全绿了。这还不要紧，从那天起，他好像记死了我。他甚至写信质问校长：梅先生没有博士学位，怎么和有博士学位的——而且是美国的——挣一样多的薪水呢？我不晓得他从哪里探问出我的薪金数目。"

"校长也不好，不应当让你看那封信。"

"校长才不那么胡涂；博士把那封信也给了我一封，

没签名。他大概是不屑与我为伍。"老梅笑得更不自然了。青年都是自傲的。

"哼，这还许就是他要求加薪的理由呢！"我这么猜。

"不知道。咱们说点别的？"

辞别了老梅，我打算在暑假放学之前至少见博士一面，也许能打听得出点什么来。凑巧，我在街上遇见了他。他走得很急。眉毛拧着，脸洼得像个羹匙。不像是走道呢，他似乎是想把一肚子怨气赶出去。

"哪儿去，博士？"我叫住了他。

"上邮局去。"他说，掏出手绢——不是胸袋掖着的那块——擦了擦汗。

"快暑假了，到哪里去休息？"

"真哪！听说青岛很好玩，像外国。也许去玩玩。不过——"

我准知道他要说什么，所以没等"不过"的下回分解说出来，便又问："暑后还回来吗？"

"不一定。"或者因为我问得太急，所以他稍微说走了嘴：不一定自然含有不回来的意思。他马上觉到这个，改了口："不一定到青岛去。"假装没听见我所问的。"一定到上海去的。痛快的看几次电影；在北方作事，牺牲太大了，没好电影看！上学校来玩啊，省得寂寞！"话还没说利索，他走开了，一迈步就露出要跑的趋势。

我不晓得他那个"省得寂寞"是指着谁说的。至于他的去留，只好等暑假后再看吧。

刚一考完，博士就走了，可是没把东西都带去。据老梅的猜测：博士必是到别处去谋事，成功呢便用中国精神硬不回来，不管合同上定的是几年。找不到事呢就回来，表现他的美国精神。事实似乎与这个猜测应合：博士支走了三个月的薪水。我们虽不愿往坏处揣度人，可是他的举动确是令人不能必定往好处想。薪水拿到手里究竟是牢靠些，他只信任他自己，因为他常使别人不信任他。

过了暑假，我又去给老梅代课。这回请假的原因，大概连老梅自己也不准知道，他并没告诉我吗。好在他准有我这么个替工，有原因没有的也没多大关系了。

毛博士回来了。

谁都觉得这么回来是怪不得劲的，除了博士自己。他很高兴。设若他的苦闷使人不表同情，他的笑脸看着有点多余。他是打算用笑表示心中的快活，可是那张脸不给他作劲。他一张嘴便像要打哈欠，直到我看清他的眼中没有泪，才醒悟过来；他原来是笑呢。这样的笑，笑不笑没多大关系。他紧自这么笑，闹得我有点发毛咕。

"上青岛去了吗？"我招呼他。他正在门口立着。

"没有。青岛没有生命，真哪！"他笑了。

"啊？"

"进来，给你件宝贝看！"

我，傻子似的，跟他进去。

屋里和从前一样，就是床上多了一个蚊帐。他一伸手从蚊帐里拿出个东西，遮在身后："猜！"

我没这个兴趣。

"你说，是南方女人，还是北方女人好？"他的手还在背后。

我永远不回答这样的问题。

他看我没意思回答，把手拿到前面来，递给我一张像片。而后肩并肩的挤着我，脸上的笑纹好像真要在我脸上走似的；没说什么；他的嘴，也不知是怎么弄的，直唧唧的响。

女人的像片。拿像片断定人的美丑是最容易上当的，我不愿说这个女人长得怎么样。就它能给我看到的，不过是年纪不大，头发烫得很复杂而曲折，小脸，圆下颏，大眼睛。不难看，总而言之。

"定了婚，博士？"我笑着问。

博士笑得眉眼都没了准地方，可是没出声。

我又看了看像片，心中不由得怪难过的。自然，我不能代她断定什么；不过，我倘若是个女子……

"牺牲太大了！"博士好容易才说出话来："可是值得的，真哪！现在的女人多么精，才二十一岁，什么都懂，仿佛在美国留过学！头一次我们看完电影，她无论怎说也得回家，精呀！第二次看电影，还不许我拉她的手，多么精！电影票都是我打的！最后的一次看电影才准我吻了她一下，真哪！花多少钱也值得，没空花了；我临来，她送我到车站，给我买来的水果！花点钱，值得，她永远是我的；打野鸡不行呀，花多少钱也不行，而且有危险的！从今天起，我要省钱了。"

我插进去一句："你花钱还费吗？"

"哎哟！"元宝底上的眼睛居然弩出来了。"怎么不费钱？！一个人，吃饭，洗衣服。哪样不花钱！两个人也不过花这多，饭自己作，衣服自己洗。夫妇必定要互助呀。"

"那么，何必格外省钱呢？"

"钢丝床要的吧？澡盆要的吧？沙发要的吧？钢琴要的吧？结婚要花钱的吧？蜜月要花钱的吧？家庭是家庭哟！"他想了想："结婚请牧师也得送钱的！"

"干吗请牧师？"

"郑重；美国的体面人都请牧师祝婚，真哪！"他又想了想："路费！她是上海的；两个人从上海到这里，二等车！中国是要不得的，三等车没法坐的！你算算一共要几多钱？你算算看！"他的嘴咕弄着，手指也轻轻的掐，显然是算这笔账呢。大概是一时算不清，他皱了皱眉。紧跟着又笑了："多少钱也得花的！假如你买个五千元的钻石，不是为戴上给人看么？一个南方美人，来到北方，我的，能不光荣些么？真哪，她是上海最美的女子了；这还不值得牺牲么？一个人总得牺牲的！"

我始终还是不明白什么是牺牲。

替老梅代了一个多月的课，我的耳朵里整天嗡嗡着上海，结婚，牺牲，光荣，钢丝床……有时候我编讲义都把这些编进去，而得从新改过；他已把我弄胡涂了。我真盼老梅早些回来，让我去清静两天吧。观察人性是有意思的事，不过人要像年糕那样粘，把我的心都粘住，我也有受不了的时候。

老梅还有五六天就回来了。正在这个时候，博士又出了新花样。他好像一篇富于技巧的文章，正在使人要生厌的时候，来几句漂亮的。

他的喜劲过去了。除了上课以外，他总在屋里拍拉拍拉的打字。拍拉过一阵，门开了，溜着墙根，像条小鱼似的，他下楼去送信。照直去，照直回来；在屋里咚咚的走。走着走着，叹一口气，声音很大，仿佛要把楼叹倒了，以便同归于尽似的。叹过气以后，他找我来了，脸上带着点顶惨淡的笑。"噗！"他一进门先吹口气，好像屋中净是尘土。然后："你们真美呀，没有伤心的事！"

他的话老有这么种别致的风格，使人没法搭茬儿。好在他会自动的给解释："没法子活下去，真哪！哭也没用，光阴是不着急的！恨不能飞到上海去！"

"一天写几封信？"我问了句。

"一百封也是没用的！我已经告诉她，我要自杀了！这样不是生活，不是！"博士连连的摇头。

"好在到年假才还不到三个月。"我安慰着他，"不是年假里结婚吗？"

他没有回答，在屋里走着。待了半天："就是明天结婚，今天也是难过的！"

我正在找些话说，他忽然像忘了些什么重要的事，一闪似的便跑出去。刚进到他的屋中，拍拉，拍拉，拍，打字机又响起来。

老梅回来了。我在年假前始终没找他去。在新年后，他给我转来一张喜帖，用英文印的。我很替毛博士高兴，目的达到了，以后总该在生命的别方面努力了。

年假后两三个星期了，我去找老梅。谈了几句便又谈到毛博士。

"博士怎样？"我问，"看见博士太太没有？"

"谁也没看见她；他是除了上课不出来，连开教务会议也不到。"

"咱俩看看去？"

老梅摇了头："人家不见，同事中有碰过钉子的了。"

这个，引动了我的好奇心。没告诉老梅，我自己要去探险。

毛博士住着五间小平房，院墙是三面矮矮的密松。远远的，我看见院中立着个女的，细条身框，穿着件黑袍，脸朝着阳光。她一动也不动，手直垂着，连蓬松的头发好像都镶在晴冷的空中。我慢慢的走，她始终不动。院门是两株较高的松树，夹着一个绿短棚子。我走到这个小门前了，与她对了脸。她像吓了一跳，看了我一眼，急忙转身进去了。在这极短的时间内，我得了个极清楚的印象：她的脸色青白，两个大眼睛像迷失了的羊那样悲郁，头发很多很黑，和下边的长黑袍联成一段哀怨，她走得极轻快，好像把一片阳光忽然的全留在屋子外边。我没去叫门，慢慢的走回来了。我的心中冷了一下，然后觉得茫然的不自在。到如今我还记得这个黑衣女。

　　大概多数的男人对于女性是特别显着侠义的。我差不多成了她的义务侦探了。博士是否带她常出去玩玩，譬如看看电影？他的床是否钢丝的？澡盆？沙发？当他跟我闲扯这些的时候，我觉得他毫无男子气。可是由看见她以后，这些无聊的事都在我心中占了重要的地位。自然，这些东西的价值是由她得来的。我钻天觅缝的探听，甚至于贿赂毛家的仆人——他们用着一个女仆。我所探听到的是他们没出去过，没有钢丝床与沙发。他们吃过一回鸡，天天不到九点钟就睡觉……

　　我似乎明白些毛博士了。凡是他口中说的——除了他真需个女人——全是他视为作不到的，所以作不到的原因是他爱钱。他梦想要作个美国人；及至来到钱上，他把中国固有的夫为妻纲与美国的资产主义联合到一块。他自己便是他所恨恶的中国电影，什么在举动上都学好莱坞的，而根本上是中国的，他是个自私自利而好摹仿的猴子。设若他没上过美国，他一定不会这么样，他至少要在人情上带出点中国气来。他上过美国，自觉着他为中国当个国民是非常冤屈的事。他可以依着自己的方便，在美国精神的装饰下，作出一切。结婚，大概只有早睡觉的意义。

我没敢和老梅提说这个，怕他耻笑我；说真的，我实在替那个黑衣女抱不平。可是，我不敢对他说；青年们的想像是不易往厚道里走的。

春假了，由老梅那里我听来许多人的消息：有的上山去玩，有的到别处去逛。我听不到博士夫妇的。学校里那么多人，好像没人注意他们俩——按普通的理说，新夫妇是最使人注意的。

我决定去看看他们。

校园里的垂柳已经绿得很有个样儿了。丁香可是才吐出颜色来。教员们，有的没去旅行，差不多都在院中种花呢。到了博士的房子左近，他正在院中站着。他还是全份武装的穿着洋服，虽然是在假期里。阳光不易到的地方，还是他的脸的中部。隔着松墙我招呼了他一声：

"没到别处玩玩去，博士？"

"哪里也没有家里好。"他的眼瞭了远处一下。

"美国人不是讲究旅行么？"我一边说一边往门那里凑。

他没回答我。看着我，他直往后退，显出不欢迎我进去的神气。我老着脸，一劲的前进。他退到屋门，我也离那儿不远了。他笑得极不自然了，牙咬了两下，他说了话：

"她病了，改天再招待你呀。"

"好吧。"我也笑了笑。

"改天来——"他没说完下半截便进去了。

我出了门，校园中的春天似乎忽然逃走了。我非常的不愉快。

又过了十几天，我给博士一个信儿，请他夫妇吃饭。我算计着他们大概可以来；他不交朋友，她总不会也愿永远囚在家中吧？

到了日期，博士一个人来了。他的眼边很红，像是刚揉了半天的。脸的中部特别显着洼，头上的筋都跳着。

"怎啦，博士？"我好在没请别人，正好和他谈谈。

"妇人，妇人都是坏的！都不懂事！都该杀的！"

"和太太吵了嘴？"我问。

"结婚是一种牺牲，真哪！你待她天好，她不懂，不懂！"博士的泪落下来了。

"到底怎回事？"

博士抽答了半天，才说出三个字来："她跑了！"他把脑门放在手掌上，哭起来。

我没想安慰他。说我幸灾乐祸也可以，我确是很高兴，替她高兴。

待了半天，博士抬起头来，没顾得擦泪，看着我说：

"牺牲太大了！叫我，真！怎样再见人呢？！我是哈佛的博士，我是大学的教授！她一点不给我想想！妇人！"

"她为什么走了呢？"我假装皱上眉。

"不晓得。"博士净了下鼻子。"凡是我以为对的，该办的，我都办了。"

"比如说？"

"储金，保险，下课就来家陪她，早睡觉，多了，多了！是我见到的，我都办了；她不了解，她不欣赏！每逢上课去，我必吻她一下，还要怎样呢？你说！"

我没的可说，他自己接了下去。他是真憋急了，在学校里他没一个朋友。"妇女是不明白男人的！定婚，结婚，已经花了多少钱，难道她不晓得？结婚必须男女两方面都要牺牲的。我已经牺牲了那么多，她牺牲了什么？到如今，跑了，跑了！"博士立起来，手插在裤袋里，眉毛拧着："跑了！"

"怎办呢？"我随便问了句。

"没女人我是活不下去的！"他并没看我，眼看着他的领带。"活不了！"

"找她去？"

"当然！她是我的！跑到天边，没我，她是个'黑'人！她是我的，那个小家庭是我的，她必得老跟着我！"他又坐下了，又用手托住脑门。

"假如她和你离婚呢？"

"凭什么呢？难道她不知道我爱她吗？不知道那些钱都是为她花了吗？就没点良心吗？离婚？我没有过错！"

"那是真的。"我自己知道这是什么意思。

他抬头看了我一眼，气好像消了些，舐了舐嘴唇，叹了口气："真哪，我一见她脸上有些发白，第二天就多给她一个鸡子儿吃！我算尽到了心！"他又不言语了，呆呆的看着皮鞋尖。

"你知道她上哪儿了？"

博士摇了摇头。又坐了会儿，他要走。我留他吃饭，他又摇头："我回去，也许她还回来。我要是她，我一定回来。她大概是要回来的。我回去看看。我永远爱她，不管她待我怎样。"他的泪又要落下来，勉强的笑了笑，抓起帽子就往外走。

这时候，我有点可怜他了。从一种意义上说，他的确是个牺牲者——可是不能怨她。

过了两天，我找他去，他没拒绝我进去。

屋里安设得很简单，除了他原有的那份家具，只添上了两把藤椅，一个长桌，桌上摆着他那几本洋书。这是书房兼客厅；西边有个小门，通到另一间去，挂着个洋花布单帘子。窗上都挡着绿布帘，光线不十分足。地板上铺着一领厚花席子。屋里的气味很像个欧化了的日本家庭，可是没有那些灵巧的小装饰。

我坐在藤椅上，他还坐那把摇椅，脸对着花布帘子。

我们俩当然没有别的可谈。他先说了话：

"我想她会回来，到如今竟自没消息，好狠心！"说着，他忽然一挺身，像是要立起来，可是极失望的又缩下身去。原来那个花布帘被一股风吹得微微一动。

这个人已经有点中了病！我心中很难过了。可是，我一想：结婚刚三个多月，她就逃走，想必她是真受不住了；想必她也看出来，这个人是无希望改造的。三个月的监狱生活是满可以使人铤而走险的。况且，性欲的生活，有时候能使人一天也受不住的——由这种生活而起的厌恶比毒药还厉害。我由博士的气色和早睡的习惯已猜到一点，现在我要由他的口中证实了。我和他谈一些严重的话。便换换方向，谈些不便给多于两个人听的。他也很喜欢谈这个，虽然更使他伤心。他把这种事叫"爱"。他很"爱"她，有时候一夜"爱"四次。他还有个理论：

"受过教育的人性欲大，真哪。下等人的操作使他们疲倦，身体上疲倦。我们用脑子的，体力是有余的，正好借这个机会运动运动。况且，因为我们用脑子，所以我们懂得怎样'爱'，下等人不懂！"

我心里说："要不然她怎会跑了呢！"

他告诉我许多这种经验，可是临完更使他悲伤——没有女人是活不下去的！我去了几次，慢慢的算是明白了他的一部分：对于女人，他只管"爱"，而结婚与家庭设备的花费是"爱"的代价。这个代价假如轻一点，"博士"会给增补上所欠的分量。"一个美国博士，你晓得，在女人心中是占分量的。"他说，附带着告诉我，"你想要个美的，大学毕业的，年青的，品行端正的女人，先去得个博士，真哪！"

他的气色一天不如一天了。对那个花布帘，他越发注意了；说着说着话，他能忽然立起来，走过去，掀一掀它。而后回来，坐下，不言语好大半天。脸比绿窗帘绿得暗一些。

可是他始终没要找她去，虽然嘴里常这么说。我以为即使他怕花了钱而找不到她，也应当走一走，或至少是请几天假。因为他自己说她要把"博士"与"教授"的尊严一齐给他毁掉了。为什么他不躲几天，而照常的上课，虽然是带着眼泪？后来我才明白：他要大家同情他，因为他的说法是这个："嫁给任何人，就属于任何人，况且嫁的是博士？从博士怀中逃走，不要脸，没有人味！"他不能亲自追她去。但是他需要她，他要"爱"。他希望她回来，因为他不能白花了那些钱。这个，尊严与"爱"，牺牲与耻辱，使他进退两难，哭笑皆非，一天不定掀多少次那个花布帘。他甚至于后悔没娶个美国女人了，中国女人是不懂事，不懂美国精神的！

人生在某种文化下，不是被它——文化——管辖死，便是因反抗它而死。在人类的任何文化下，也没有多少自由。毛博士的事是没法解决的。他肩着两种文化的责任，而想把责任变成享受。破洋服也得规矩的穿着，只是把脖子箍得怪难受。脖子是他自己的，但洋服是文化呢！

木槿花一开，就快放暑假了。毛博士已经有几天没出屋子。据老梅说，博士前几天还上课，可是在课堂上只讲他自己的事，所以学校请他休息几天。

我又去看他，他还穿着洋服在椅子上摇呢，可是脸已不像样儿了，最洼的那一部分已经像陷进去的坑，眼睛不大爱动了，可是他还在那儿坐着。我劝他到医院去，他摇头："她回来，我就好了；她不回来，我有什么法儿呢？"他很坚决，似乎他的命不是自己的。"再说，"他喘了半天气才说出来，"我已经天天喝牛肉汤；不是我要喝，是为等着她；牺牲，她跑了我还得为她牺牲！"

我实在找不到话说了。这个人几乎是可佩服的了。

待了半天，他的眼忽然的亮了，抓住椅子扶手，直起胸来，耳朵侧着："听！她回来了！是她！"他要立起来，可是只弄得椅子前后的摇了几下，他起不来。

外边并没有人。他倒了下去，闭上了眼，还喘着说："她——也——许——明天来。她是——我——的！"

暑假中，学校给他家里打了电报，来了人，把他接回去。以后，没有人得到过他的信。有的人说，到现在他还在疯人院里呢。

柳屯的

　　要计算我们村里的人们，在头几个手指上你总得数到夏家，不管你对这一家子的感情怎么样。夏家有三百来亩地，这就足以说明了一大些，即使承认我们的村子不算是很小。

　　夏老者在庚子年前就信教。要说他藉着信教去横行霸道，真是屈心的话；拿这个去得些小便宜，那倒有之。他的儿子夏廉也信教。

　　他们有三百来亩地，这倒比信教不信教还要紧；不过，他们父子决不肯抛弃了宗教，正如不肯舍割一两亩地。假如他们光信教而没有这些产业，大概偶尔到乡间巡视的洋牧师决不会特意的记住他们的姓名。事实上他们是有三百来亩地，而且信教，这便有了文章。

　　我说过了，他们不横行霸道；可是他们的心里颇有个数儿。要说为村里的公益事儿拿个块儿八毛的，夏家父子的钱袋好像天衣似的，没有缝儿。"我们信教，不开发这个。"信教的利益，这还是消极的，在这里等着你呢。全村里的人没有愿公然说他们父子刻薄的，可也没有人捧场夸奖他们厚道。他们不跳出圈去欺侮人，人们也不敢无故的找寻他们，彼此敬而远之。不过，有的时候，人们还非去找夏家父子不可；这可就没的可说了。周瑜打黄盖，愿打愿挨。"知道我们厉害呀，别找上门来！事情是事情！"他们父子虽不这么明说，可确是这么股子劲儿。无论买什么，他们总比别人少花点儿；但是现钱交易，一手递钱，一手交货，他们管这个叫作教友派儿。至于偶尔被人家捉了大头，就是说明了"概不退换"，也得退换；教友派儿在这种关节上更露出些力量。没人敢惹他们，而他们又的确不是刺儿头——从远处看。找上门来挨刺，他们父子实在有些无形的硬翎儿。

要是由外表上看，他们离着精明还远得很呢。夏老者身上最出色的是一对罗圈腿。成天拐拉拐拉的出来进去，出来进去，好像失落了点东西，找了六十多年还没有找着。被罗圈腿闹得身量也显着特别的矮，虽然努力挺着胸口也不怎么尊严。头也不大，眉毛比胡子似乎还长，因此那几根胡子老像怪委屈的。红眼边；眼珠不是黄的，也不是黑的，更说不上是蓝的，就那么灰不拉的，瘪瘪着；看人的时候永远拿鼻子尖瞄准儿，小尖下巴颏也随着跷起来。夏廉比父亲体面些，个子也高些。长脸，笑的时候仿佛都不愿脸上的肉动一动。眼睛老望着远处，似乎心中永远有点什么问题。他最会发愣。父亲要像个小颠蒜，儿子就像个愣青辣椒。

我和夏廉小时候同过学。我不知道他们父子的志愿是什么，他们不和别人谈心，嘴能像实心的核桃那么严。可是我晓得他们的产业越来越多。我也晓得，凡是他们要干的，哪怕是经过三年五载，最后必达到目的。在我的记忆中，他们似乎没有失败过。他们会等：一回不行，再等；还不行，再等！坚忍战败了光阴，精明会抓住机会，往好里说，他们确是有可佩服的地方。很有几个人，因为看夏家这样一帆风顺，也信了教；他们以为夏家所信的神必是真灵验。这个想法的对不对是另一问题，夏家父子的成功是事实。

他们父子可并非没遇过困难，也并非不怕遇上困难，但是当患难临头，他们不惜力：父亲拐拉着腿，儿子板死了脸，干！过蝗虫，他们和蝗虫开仗；下腻虫，和腻虫宣战。方法好不好的，先干点什么再说。唱野台戏谢龙王或虫神，他们连一个小钱也不拿："我们信教，不开发这个。"

或者不仅是我一个人有时候这么想：他们父子是不是有朝一日也会失败呢？以我自己说，这不是出于忌妒，我并无意看他们的哈哈笑；这是一种好奇的推测。我总以为人究竟不能胜过一切，谁也得有消化不了的东西。拿人类全体说，我愿意，希望，咱们能战胜一切；就个人说，我不这么希望，也没有这种信仰。拿破仑碰了钉子，也该碰。

在思想上，我相信这个看法是不错的。不错，我是因看见夏家父子而想起这个来，但这并不是对他们的诅咒。

谁知道这竟自像诅咒呢！我不喜欢他们的为人，真的；可也没想到他们果然会失败。我并不是看见苍蝇落在胶上，便又可怜它了，不是；他们的失败实在太难堪了，太奇怪了；这件"事"使我的感情与理智分道而驰了。

前五年吧，我离开了家乡一些日子。等到回家的时候，我便听说许多关于——也不大利于——我的老同学的话。把这些话凑在一处，合成这么一句：夏廉在柳屯——离我们那里六里多地的一个小村子——弄了个

"人儿"。

这种事要是搁在别人的身上，原来并没什么了不得的。夏廉，不行。第一，他是教友；打算弄人儿就得出教。据我们村里的人看，无论是在白莲教，耶稣教，自要一出教就得倒运。自然，夏廉要倒运，正是一些人所希望的，所以大家的耳朵都竖起来，心中也微微有点跳。至于以教会的观点看这件事的合理与否的，也有几位，可是他们的意见并没引起多大的注意——太带洋味儿。

第二，夏廉，夏廉！居然弄人儿！把信教不信教放在一边，单说这个"人"，他会弄人儿，太阳确是可以打西边出来了，也许就是明天早晨！

夏家已有三辈是独传。夏廉有三个女儿，一个儿子。这个儿子活到十岁上就死了。夏嫂身体很弱，不见得再能生养。三辈子独传，到这儿眼看要断根！这个事实是大家知道的，可是大家并不因此而使夏廉舒舒服服的弄人儿，他的人缘正站在"好"的反面儿。

"断根也不能动洋钱"，谁看见那个愣辣椒也得这么想，这自然也是大家所以这样惊异的原因。弄人儿，他？他！

还有呢，他要是讨个小老婆，为是生儿子，大家也不会这么见神见鬼的。他是在柳屯搭上了个娘们。"怪不得他老往远处看呢，柳屯！"大家笑着嘀咕，笑得好像都不愿费力气，只到嗓子那溜儿，把未完的那些意思交给眼睛挤咕出来。

除了夏廉自己明白他自己，别人都不过是瞎猜；他的嘴比蛤蜊还紧。可是比较的，我还算是他的熟人，自幼儿的同学。我不敢说是明白他，不过讲猜测的话，我或者能猜个八九不离十。拿他那点宗教说，大概除了他愿意偶尔有个洋牧师到家里坐一坐，和洋牧师喜欢教会里有几家基本教友，别无作用。他当义和拳或教友恐怕没有多少分别。上帝有一位还是有十位，对于他，完全没关系。牧师讲道他便听着，听完博爱他并不少占便宜。可是他愿作教友。他没有朋友，所以要有个地方去——教会正是个好地方。"你们不理我呀，我还不爱交接你们呢；我自有地方去，我是教友！"这好像明明的在他那长脸上写着呢。

他不能公然的娶小老婆，他不愿出教。可是没儿子又是了不得的事。他想偷偷的解决了这个问题。搭上个娘们，等到有了儿子再说。夏老者当然不反对，祖父盼孙子自有比父亲盼儿子还盼得厉害的。教会呢，洋牧师不时常来，而本村的牧师还不就是那么一回事，上帝本是洋人带过来的。反正没晴天大日头的用敞车往家里拉人，就不算是有意犯教规，大家闭闭眼，事情还有过不去的？

至于图省钱，那倒未必。搭人儿不见得比娶小省钱。为得儿子，他这一回总算下了决心，不能不咬咬牙。"教友"虽不是官衔，却自有作用，而儿子又是必不可少的，闭了眼啦，花点钱！

这是我的猜测，未免有点刻薄，我知道；但是不见得比别人的更刻薄。至于正确的程度，我相信我的是最优等。

在家没住了几天，我又到外边去了两个月。到年底下我回家来过年，夏家的事已发展到相当的地步：夏廉已经自动的脱离教会，那个柳屯的人儿已接到家里来。我真没想到这事儿会来得这么快。但是我无须打听，便能猜着：村里人的嘴要是都咬住一个地方，不过三天就能把长城咬塌了一大块。柳屯那位娘们一定是被大家给咬出来了，好像猎狗掘兔子窝似的，非扒到底儿不拉倒。他们死咬一口，教会便不肯再装聋卖傻，于是……这个，我猜对了。

可是，我还有不知道的。我遇见了夏老者。他的红眼边底下有些笑纹，这是不多见的。那几根怪委屈的胡子直微微的动，似乎是要和我谈一谈。我明白了：村里人们的嘴现在都咬着夏家，连夏老头子也有点撑不住了；他也想为自己辩护几句。我是刚由外边回来的，好像是个第三者，他正好和我诉诉委屈。好吧，蛤蜊张了嘴，不容易的事，我不便错过这个机会。

　　他的话是一派的夸奖那个娘们，他很巧妙的管她叫作"柳屯的"。这个老家伙有两下子，我心里说。他不为这件"事"辩护，而替她在村子里开道儿。村儿里的事一向是这样：有几个人向左看，哪怕是原来大家都脸朝右呢，便慢慢的能把大家都引到左边来。她既是来了，就得设法叫她算个数；这老头子给她砸地基呢。"柳屯的"，不卑不亢的，简直的有些诗味！

　　"太好了，'柳屯的'！"他的红眼边忙着眨巴。"比大嫂强多了，真泼辣！能洗能作，见了人那份和气，公是公，婆是婆！多费一口子的粮食，可是咱们白用一个人呢！大嫂老有病，横草不动，竖草不拿；'柳屯的'什么都拿得起来！所以我就对廉儿说了，"老头子抬着下巴颏看准了我的眼睛，我知道他是要给儿子掩饰了，"我就说了，廉儿呀，把她接来吧，咱们'要'这么一把手！"说完，他向我眨巴眼，红眼边一劲的动，看看好像是孙猴子的父亲。他是等着我的意见呢。

"那就很好。"我只说了这么一句四面不靠边的。

"实在是神的意思！"他点头赞叹着。"你得来看看她；看见她，你就明白了。"

"好吧，大叔，明儿个去给你老拜年。"真的，我想看看这位柳屯的贤妇。

第二天我到夏家去拜年，看见了"柳屯的"。

她有多大岁数，我说不清，也许三十，也许三十五，也许四十。大概说她在四十五以下准保没错。我心里笑开了，好劲个"人儿"！高高的身量，长长的脸，脸上擦了一斤来的白粉，可是并不见得十分白；鬓角和眉毛都用墨刷得非常整齐：好像新砌的墙，白的地方还没全干，可是黑的地方真黑真齐。眼睛向外努着，故意的慢慢眨巴眼皮，恐怕碰了眼珠似的。头上不少的黄发，也用墨刷过，可是刷得不十分成功；戴着朵红石榴花。一身新蓝洋缎棉袄棉裤，腋下搭拉着一块粉洋纱手绢。大红新鞋，至多也不过一尺来的长。

我简直的没话可说，心里头一劲儿的要笑，又有点堵得慌。

"柳屯的"倒有的说。她好像也和我同过学，有模有样的问我这个那个的。从她的话里我看出来，她对于我家和村里的事知道得很透彻。她的眼皮慢慢那么向我眨巴了几下，似乎已连我每天吃几个馍馍都看了去！她的嘴可是甜甘，一边张罗客人的茶水，一边儿说；一边儿说着，一边儿用眼角儿扫着家里的人；该叫什么的便先叫出来，而后说话，叫得都那么怪震心的。夏老者的红眼边上有点湿润，夏老太太——一个瘪嘴弯腰的小老太太——的眼睛随着"柳屯的"转；一声爸爸一声妈，大概给二位老者已叫迷糊了。夏廉没在家。我想看看夏大嫂去，因为听说她还病着。夏家二位老人似乎没什么表示，可是眼睛都瞧着"柳屯的"，像是跟她要主意；大概他们已承认：交际来往，规矩礼行这些事，他们没有"柳屯的"那样在行，所以得问她。她忙着就去开门，往西屋里让。陪着我走到窗前。便交待了声："有人来了。"然后向我一笑："屋里坐，我去看看水。"我独自进了西屋。

夏大嫂是全家里最老实可爱的人。她在炕上围着被子坐着呢。见了我，她似乎非常的喜欢。可是脸上还没笑利索，泪就落下来了："牛儿叔！牛儿叔！"她叫了我两声。我们村里彼此称呼总是带着乳名的，孙子呼祖父也得挂上小名。她像是有许多的话，可是又不肯说，抹了抹泪，向窗外看了看，然后向屋外指了一下。我明白她的意思。

我问她的病状，她叹了口气："活不长了，死了也不能放心！"那个娘们实在是夏嫂心里的一块病，我看出来。即使我承认夏嫂是免不掉忌妒，我也不能说她的忧虑是完全为自己，她是个最老实可爱的人。我和她似乎都看出来点危险来，那个娘们！

由西屋出来，我遇上了"她"，在上房的檐下站着呢。很亲热的赶过来，让我再坐一坐，我笑了笑，没回答出什么来。我知道这一笑使我和她结下仇。这个娘们眼里有活，她看清这一笑的意思，况且我是刚从西屋出来。出了大门，我吐了口气，舒畅了许多；在她的面前，我也不怎么觉着别扭。我曾经作过一个恶梦，梦见一个母老虎，脸上擦着铅粉。这个"柳屯的"又勾起这个恶梦所给的不快之感。我讨厌这个娘们，虽然我对她并没有丝毫地位的道德的成见。只是讨厌她，那一对弩出的眼睛！

年节过去，我又离开了故乡，到次年的灯节才回来。

　　似乎由我一进村口，我就听到一种喊喊喳喳的声音；在这声音当中包着的是"柳屯的"。我一进家门，大家急于报告的也是她。

　　在我定了定神之后，我记得已听见他们说：夏老头子的胡子已剩下很少，被"柳屯的"给扯去了多一半。夏老太太常给这个老婆跪着。夏大嫂已经分出去另过。夏廉的牙齿都被嘴巴扇了去……我怀疑我莫不是作梦呢！不是梦，因为我歇息了一会儿以后，他们继续的告诉我："柳屯的"把夏家完全拿下去了。他们你一言我一语的争着说，我相信了这是真事，可是记不清他们说的都是什么了。

　　我一向不大信《醒世姻缘》中的故事，这个更离奇。我得亲眼去看看！眼见为真，不然我不能信这些话。

　　第二天，村里唱戏，早九点就开锣。我也随着家里的人去看热闹，其实我的眼睛专在找"她"。到了戏台的附近，台上已打了头通。台下的人已不少，除了本村的还有不少由外村来的。因为地势与户口的关系，戏班老是先在我们这里驻脚。二通锣鼓又响了，我一眼看见了"她"。她还是穿着新年的漂亮衣服，脸上可没有擦粉——不像一小块新砌的墙了，可是颇似一大扇棒子面的饼子。乡下的戏台搭得并不矮，她抓住了台沿，只一悠便上去了。上了台，她一直扑过文场去。"打住！"她喝了一声。锣鼓立刻停了。我以为她是要票一出什么呢。《送亲演礼》，或是《探亲家》，她演，准保合适，据我想。不是，我没猜对，她转过身来，两步就走到台边，向台下的人一挥手。她的眼弩得像一对小灯笼。说也奇怪，台下大众立刻鸦雀无声了。我的心凉了：在我离开家乡这一年的工夫，她已把全村治服了。她用的是什么方法，我还没去调查，但大家都不敢惹她确是真的。

"老街坊们！"她的眼珠弩得特别的厉害，台根底下立着的小孩们，被她吓哭了两三个。"老街坊们！我娘们先给你们学学夏老王八的样儿！"她的腿圈起来，眼睛拿鼻尖作准星，向上半仰着脸，在台上拐拉了两个圈。台下居然有人哈哈的笑起来。

走完了场，她又在台边站定，眼睛整扫了一圈，开始骂夏老王八。她的话，我没法记录下来，我脑中记得的那些字绝对不够用的。况且在事实上，夏老头儿并不那样老与生殖器有密切的关系，像她所形容的。她足足骂了三刻钟，一句跟着一句，流畅而又雄厚。设若不是她的嗓子有点不跟劲，大概骂个两三点钟是可以保险的。可奇的是大家听着！

她下了台，戏就开了，观众们高高兴兴的看戏，好像刚才那一幕，也是在程序之中的。我的脑子里转开了圈，这是啥事儿呢？本来不想听戏，我就离开戏台，到"地"里去溜达。

走出不远，迎面松儿大爷撅撅着胡子走来了。

"听戏去，松儿大爷？新喜，多多发财！"我作了个揖。

"多多发财！"老头子打量了我一番。"听戏去？这个年头的戏！"

"听不听不吃劲！"我迎合着说。老人都有这宗脾气，什么也是老年间的好；其实松儿大爷站在台底下，未必不听得把饭也忘了吃。

"看怎么不吃劲了！"老头儿点头咂嘴的说。

"松儿大爷，咱们爷儿俩找地方聊聊去，不比听戏强？城里头买来的烟卷！"我掏出盒"美丽"来，给了老头子一支。松儿大爷是村里的圣人，我这盒烟卷值金子，假如我想打听点有价值的消息；夏家的事，这会儿在我心中确是有些价值。怎会全村里就没有敢惹她的呢？这像块石头压着我的心。

把烟点着，松儿大爷带着响吸了两口，然后翻着眼想了想："走吧，家里去！我有二百一包的，焖得酽酽的，咱们扯他半天，也不癫！"

随着松儿大爷到了家。除了松儿大娘，别人都听戏去了。给他们拜完了年，我就手也把大娘给撺出去："大娘，听戏去，我们看家！"她把茶——真是二百一包的——给我们沏好，瘪着嘴听戏去了。

等松儿大爷审过了我——我挣多少钱，国家大事如何……我开始审他。

"松儿大爷，夏家的那个娘们是怎回事？"

老头子头上的筋跳起来，仿佛有谁猛孤丁的揍了他的嘴巴。"臭狗屎！提她？"拍的往地上唾了一口。

"可是没人敢惹她！"我用着激将法。

"新鞋不踩臭狗屎！"

我看出来村里有一部分人是不屑于理她，或者是因为不屑援助夏家父子。不踩臭狗屎的另一方面便是由着她的性反，所以我把"就没人敢出来管教管教她？"咽了回去，换上："大概也有人以为她怪香的？"

"那还用说！一斗小米，二尺布，谁不向着她；夏家爷儿俩一辈子连个屁也不放在街上！"

这又对了，一部分人已经降服了她。她肯用一斗小米二尺布收买人，而夏家父子舍不得个屁。

"教会呢？"

"他爷们栽了，挂洋味的全不理他们了！"

他们父子的地位完了，这里大概含着这么点意思，我想：有的人或者宁自搭理她，也不同情于他们；她是他们父子的惩罚；洋神仙保佑他们父子发了财，现在中国神仙借着她给弄个底儿掉！也许有人还相信她会呼风唤雨呢！

"夏家现在怎样了呢？"我问。

"怎么样？"松儿大爷一气灌完一大碗浓茶，用手背擦了擦胡子："怎么样？我给他们算定了，出不去三四年，全完！咱这可不是血口喷人，盼着人家倒霉，大年灯节的！你看，夏大嫂分出去了，这是半年前的事了。那时候，柳屯这个娘们一天到晚挑唆：啊，没病装病，死吃一口，谁受得了？三个丫头，哪个不是赔钱货！夏老头子的心活了，给了大嫂三十亩地，让她带着三个女儿去住西小院那三间小南屋。由那天起，夏廉没到西院去过一次。他的大女儿是九月出的门子，他们全都过去吃了三天，可是一个子儿没给大嫂。夏廉和他那个爸爸觉得这是个便宜——白吃儿媳妇三天！"

"大嫂的娘家自然帮助她些了？"我问。

"那是自然；可有一层，他们都擦着黑儿来，不敢叫柳屯的娘们看见。她在西墙那边老预备着个梯子，一天不定往西院瞭望多少回。没关系的人去看夏大嫂，墙头上有整车的村话打下来；有点关系的人，那更好了，那个娘们拿刀在门口堵着！"松儿大爷又唾了一口。

"没人敢惹她？"

松儿大爷摇了摇头。"夏大嫂是虾蟆垫桌腿，死挨！"

"她死了，那个娘们好成为夏大嫂？"

"还用等她死了？现在谁敢不叫那个娘们'大嫂'呢？'二嫂'都不行！"

"松儿大爷你自己呢？"按说，我不应当这么挤兑这个老头子！

"我？"老头子似乎挂了劲，可是事实又叫他泄了气："我不理她！"又似乎太泄气，所以补上："多咱她找到我的头上来，叫她试试，她也得敢！我要跟夏老头子换换地方，你看她敢扯我的胡子不敢！夏老头子是自找不自在。她给他们出坏道儿，怎么占点便宜，他们听她的；这就完了。既听了她的，她就是老爷了！你听着，还有呢：她和他们不是把夏大嫂收拾了吗？不到一个月，临到夏老两口子了。她把他们也赶出去了。老两口子分了五十亩地，去住场院外那两间牛棚。夏老头子可真急了，背起梢马子就要进城，告状去。他还没走出村儿去，她追了上来，一把扯回他来，左右开弓就是几个嘴巴子，跟着便把胡子扯下半边，临完给他下身两脚。夏老头子半个月没下地。现在，她住着上房，产业归她拿着，看吧！"

"她还能谋害夏廉？"我插进一句去。

"那，谁敢说怎样呢！反正有朝一日，夏家会连块土坯也落不下，不是都被她拿了去，就是因为她闹丢了。我不知道别的，我知道这家子要玩完！没见过这样的事，我快七十岁的人了！"

我们俩都半天没言语。后来还是我说了："松儿大爷，他们老公母俩和夏大嫂不会联合起来跟她干吗？"

"那不就好了吗，我的傻大哥！"松儿大爷的眼睛挤出点不得已的笑意来。"那个老头子混蛋哪。她一面欺侮他，一面又教给他去欺侮夏大嫂。他不敢惹她，可是敢惹大嫂呢。她终年病病歪歪的，还不好欺侮。他要不是这样的人，怎能会落到这步田地？那个娘们算把他们爷俩的脉摸准了！夏廉也是这样呀，他以为父亲吃了亏，便是他自己的便宜。要不怎说没法办呢！"

"只苦了个老实的夏大嫂！"我低声的说。

"就苦了她！好人掉在狼窝里了！"

"我得看看夏大嫂去！"我好像是对自己说呢。

"乘早不必多那个事，我告诉你句好话！"他很"自己"的说。

"那个娘们敢卷我半句，我叫她滚着走！"我笑了笑。

松儿大爷想了会儿："你叫她滚着走，又有什么好处呢？"

我没话可说。松儿大爷的哲理应当对"柳屯的"敢这样横行负一部分责任。同时，为个人计，这是我们村里最好的见解。谁也不去踩臭狗屎，可是狗屎便更臭起来；自然还有说它是香的人！

辞别了松儿大爷，我想看看大嫂去；我不能怕那个"柳屯的"，不管她怎么厉害——村里也许有人相信她会妖术邪法呢！但是，继而一想：假如我和她干起来，即使我大获全胜，对夏大嫂有什么好处呢？我是不常在家里的人；我离开家乡，她岂不因此而更加倍的欺侮夏大嫂？除非我有彻底的办法，还是不去为妙。

不久，我又出了外，也就把这件事忘了。

大概有三年我没回家，直到去年夏天才有机会回去休息一两个月。

到家那天，正赶上大雨之后。田中的玉米，高粱，谷子；村内外的树，都绿得不能再绿。连树影儿，墙根上，全是绿的。在都市中过了三年，乍到了这种静绿的地方，好像是入了梦境；空气太新鲜了，确是压得我发困。我强打着精神，不好意思去睡，跟家里的人闲扯开了。扯来扯去，自然而然的扯到了"她"。我马上不困了，可是同时也觉出乡村里并非一首绿的诗。在大家的报告中，最有趣的是"她"现在正传教！我一听说，我想到了个理由：她是要把以前夏家父子那点地位恢复了来，可是放在她自己身上。不过，不管理由不理由吧，这件事太滑稽了。"柳屯的"传教？谁传不了教，单等着她！

据他们说，那是这么回事：村里来了一拨子教徒，有中国人，也有外国人。这群人是相信祷告足以治病，而一认罪便可以被赦免的。这群人与本地的教会无关，而且本地的教友也不参加他们的活动。可是他们闹腾得挺欢：偷青的张二愣，醉鬼刘四，盗嫂的冯二头，还有"柳屯的"，全认了罪。据来的那俩洋人看，这是最大的功成，已经把张二愣们的像片——对了，还有时常骂街的宋寡妇也认了罪，纯粹因为白得一张像片；洋人带来个照相机——寄到外国去。奇迹！

这群人走了之后，"柳屯的"率领着刘四一干人等继续宣传福音，每天太阳压山的时候在夏家的场院讲道。

我得听听去！

有蹲着的，有坐着的，有立着的，夏家的场院上有二三十个人。我一眼看见了我家的长工赵五。

"你干吗来了？"我问他。

赵五的脸红了，迟迟顿顿的说："不来不行！来过一次，第二次要是不来，她卷祖宗三代！"

我也就不必再往下问了。她是这村的"霸王"。

柳树尖上还留着点金黄的阳光，蝉在刚来的凉风里唱着，我正呆看着这些轻摆的柳树，忽然大家都立起来，"她"来了！她比三年前胖了些，身上没有什么打扮修饰，可是很利落。她的大脚走得轻而有力，弩出的眼珠向平处看，好像全世界满属她管似的。她站住，眼珠不动，全身也全不动，只是嘴唇微张："祷告！"大家全低下头。她并不闭眼，直着脖颈念念有词，仿佛是和神面对面的讲话呢。

正在这时候，夏廉轻手蹑脚的走来，立在她的后面，很虔敬的低下头，闭上眼。我没想到，他倒比从前胖了些。焉知我们以为难堪的，不是他的享受呢？猪八戒玩老雕，各好一路——我们村里很有些圣明的俗语儿。

她的祷告大略是："愿上帝赶紧叫夏老头子一个跟头摔死。叫夏娘们一口气不来，堵死，叫夏娘们的大丫头让野汉子操死。叫那个二丫头下窑子，三丫头半掩门……阿门！"

奇怪的是，没有一个人觉着这个可笑，或是可恶；大家一齐随着说"阿门"。莫非她真有妖术邪法？我真有点发胡涂！

我很想和夏廉谈一谈。可是"柳屯的"看着我呢——用她的眼角。夏廉是她的猫，狗，或是个什么别的玩艺。他也看见我了，只那么一眼，就又低下头去。他拿她当作屏风，在她后面，他觉得安全，虽然他的牙是被她打飞了的。我不十分明白他俩的真正关系，我只想起：从前村里有个看香的妇人，顶着白狐大仙。她有个"童儿"，才四十多岁。这个童儿和夏廉是一对儿，我想不起更好的比拟。这个老童儿随着白狐大仙的代表，整像耍猴子的身后随着的那个没有多少毛儿的羊。这个老童儿在晚上和白狐大仙的代表一个床上睡，所以他多少也有点仙气。夏廉现在似乎也有点仙气，他祷告的很虔诚。

我走开了，觉着"柳屯的"的眼随着我呢。

夏老者还在地里忙呢，我虽然看见他几次，始终没能谈一谈，他躲着我。他已不像样子了，红眼边好像要把夏天的太阳给比下去似的。可是他还是不惜力，仿佛他要把被"柳屯的"所夺去的都从地里面补出来，他拿着锄向地咬牙。

夏大嫂，据说，已病得快死了。她的二女儿也快出门子，给的是个当兵的。大概是个排长，可是村里都说他是个军官。

我们村里的人，对于教会的人是敬而远之；对于"县"里的人是手段与敬畏并用；大家最怕的，真怕的，是兵。"柳屯的"大概也有点怕兵，虽然她不说。

她现在自己是传教的；是乡绅，虽然没有"县"里的承认；也自己宣传她在县里有人。她有了乡间应有的一切势力（这是她自创的，他是个天才，）只是没有兵。

对于夏二姑娘的许给一个"军官"，她认为这是夏大嫂诚心和她挑战。她要不马上剪除她们，必是个大患。她要是不动声色的置之不理，总会不久就有人看出她的弱点。赵五和我研究这回事来着。据赵五说，无论"柳屯的"怎样欺侮夏大嫂，村里是不会有人管的。阔点的人愿意看着夏家出丑，穷人全是"柳屯的"属下。不过，"柳屯的"至今还没动手，因为她对"兵"得思索一下。这几天她特别的虔诚，祷告的特别勤，赵五知道。云已布满，专等一声雷呢，仿佛是。

不久，雷响了。夏家二姑娘，在夏大嫂的三个女儿中算是最能干的。据"柳屯的"看，自然是最厉害的。有一天，三妞在门外买线，二妞在门内指导着——因为快出门子了，不好意思出来。这么个工夫，"柳屯的"也出来买线，三妞没买完就往里走，脸已变了颜色。二妞在门内说了一句："买你的！"

"柳屯的"好像一个闪似的，就扑到门前："我操你夏家十三辈的祖宗！你要吃大兵的肉棍，就在太太眼前大模大样的，我不把你臊豆子撕烂了！"

二妞三妞全跑进去了，"柳屯的"在后面追。我正在不远的一棵柳树下坐着呢。我也赶到，生怕她把二妞的脸抓坏了。可是这个娘们敢情知道先干什么，她奔了夏大嫂去。两拳，夏大嫂就得没了命。她死了，"柳屯的"便名正言顺的是"大嫂了"；而后再从容的收拾二妞三妞。把她们卖了也没人管，夏老者是第一个不关心她们的，夏廉要不是为儿子还不弄来"柳屯的"呢，别人更提不到了。她已经进了屋门，我赶上了。在某种情形下，大概人人会掏点坏，我揪住了她，假意的劝解，可是我的眼睛尽了它们的责任。二妞明白我的眼睛，她上来了，三妞的胆子也壮起来。大概她们常梦到的快举就是这个，今天有我给助点胆儿，居然实现了。

我嘴里说着好的，手可是用足了力量；差点劲的男人还真弄不住她呢。正在这么个工夫，"柳屯的"改变了战略——好利害的娘们！

"牛儿叔，我娘们不打架；"她笑着，头往下一低，拿出一些媚劲，"我吓着她们玩呢。小丫头子，有了婆婆家就这么扬气，搁着你的！"说完，她瞭了我一眼，扭着腰儿走了。

光棍不吃眼前亏，她真要被她们捶巴两下子，岂不把威风扫尽——她觉出我的手是有些力气。

不大会儿，夏廉来了。他的脸上很难看，他替她来管教女儿了，我心里说。我没理他。他瞪着二妞，可是说不出来什么，或者因为我在一旁，他不知怎样好了。二妞看着他，嘴动了几动，没说出什么来。又愣了会儿，她往前凑了凑，对准了他的脸就是一口，呸！他真急了，可是他还没动手，已经被我揪住。他跟我争巴了两下，不动了。看了我一眼，头低下去："哎——"叹了口长气："谁叫你们都不是小子呢！"这个人是完全被"柳屯的"拿住，而还想为自己辩护。他已经逃不出她的手，所以更恨她们——谁叫她们都不是男孩子呢！

二姑娘啐了爸爸一个满脸花，气是出了，可是反倒哭起来。

夏廉走到屋门口，又愣住了。他没法回去交差。又叹了口气，慢慢的走出去。

我把二妞劝住。她刚住声，东院那个娘们骂开了："你个贼王八，兔小子，连你自己操出来的丫头都管不了。……"

我心中打开了鼓，万一我走后，她再回来呢？我不能走，我叫三妞把赵五喊来。叫赵五安置在那儿，我才敢回家。赵五自然是不敢惹她的，可是我并没叫他打前敌，他只是作会儿哨兵。

回到家中，我越想越不是滋味：我和她算是宣了战，她不能就这么完事。假如她结队前来挑战呢？打群架不是什么稀罕的事。完不了，她多少是栽了跟头。我不想打群架，哼，她未必不晓得这个！她在这几年里把什么都拿到手，除了有几家——我便是其中的一个——不肯理他，虽然也不肯故意得罪她；我得罪了她，这个娘们要是有机会，是满可以作个"女拿破仑"，她一定跟我完不了。设若她会写书，她必定会写出顶好的农村小说，她真明白一切乡人的心理。

果然不出我所料，当天的午后，她骑着匹黑驴，打着把雨伞——太阳毒得好像下火呢——由村子东头到西头，南头到北头，叫骂夏老王八，夏廉——贼兔子——和那两个小窑姐。她是骂给我听呢。她知道我必不肯把她拉下驴来揍一顿，那么，全村还是她的，没人出来拦她吗。

赵五头一个吃不住劲了，他要求我换个人去保护二姐。他并非有意激动我，他是真怕；可是我的火上来了："赵五，你看我会揍她一顿不会？"

赵五眨巴了半天眼睛："行啊；可是好男不跟女斗，是不是？"

可就是，怎能一个男子去打女人家呢！我还得另想高明主意。

夏大嫂的病越来越沉重。我的心又移到她这边来：先得叫二姐出门子，落了丧事可就不好办了，逃出一个是一个。那个"军官"是张店的人，离我们这儿有十二三里路。我派赵五去催快娶——自然是得了夏大嫂的同意。赵五愿意走这个差，这个比给二姐保镖强多了。

我是这么想，假如二姐能被人家顺顺当当的娶了走，"柳屯的"便算又栽了个跟头——谁不知道她早就憋住和夏大嫂闹呢？好，夏大嫂的女婿越多，便越难收拾，况且这回是个"军官"！我也打定了主意，我要看着二姐上了轿。那个娘们敢闹，我揍她。好在她有个闹婚的罪名，我们便好上县里说去了。

据我们村里的人看，人的运气，无论谁，是有个年限的；没人能走一辈子好运，连关老爷还掉了脑袋呢。我和"柳屯的"那一幕，已经传遍了全村，我虽没说，可是三姐是有嘴有腿的。大家似乎都以为这是一种先兆——"柳屯的"要玩完。人们不敢惹她，所以愿意有个人敢惹她，看打擂是最有趣的。

"柳屯的"大概也扫听着这么点风声，所以加紧的打夏廉，作为一种间接的示威。夏廉的头已肿起多高，被她往磨盘上撞的。

张店的那位排长原是个有名有姓的人，他是和家里闹气而跑出去当了兵；他现在正在临县驻扎。赵五回来交差，很替二姐高兴——"一大家子人呢，准保有吃有喝；二姑娘有点造化！"他们也答应了提早结婚。

"柳屯的"大概上十回梯子，总有八回看见我：我替夏大嫂办理一切，她既下不了地，别人又不敢帮忙，我自然得卖点力气了——一半也是为气"柳屯的"。每逢她看见我，张口就骂夏廉，不但不骂我，连夏大嫂也摘干净了。我心里说，自要你不直接冲锋，我便不接碴儿，咱们是心里的劲！

夏廉，有一天晚上找我来了；他头上顶着好几个大青包，很像块长着绿苔的山子石。坐了半天，我们谁也没说话。我心里觉得非常的乱，不知思想什么好：他大概也不甚好受。我为是打破僵局，没想就说了句："你怎能受她这个呢！"

"我没法子！"他板着脸说，眉毛要皱上，可是不成功，因为那块都肿着呢。

"我就不信一个男子汉——"

他没等我说完，就接了下去："她也有好处。"

"财产都被你们俩弄过来了，好处？"我没好意的笑着。

他不出声了，两眼看着屋中的最远处；不愿再还口；可是十分不爱听我的话；一个人有一个主意——他愿挨揍而有财产。"柳屯的"，从一方面说，是他的宝贝。

"你干什么来了？"我不想再跟他多费话。

"我——"

"说你的！"

"我——；你是有意跟她顶到头儿吗？"

"夏大嫂是你的元配，二妞是你的女儿！"

他没往下接茬，简单的说了一句："我怕闹到县里去！"

我看出来了："柳屯的"是决不能善罢甘休，他管不了；所以来劝告我。他怕闹到县里去——钱！到了县里，没钱是不用想出来的。他不能舍了"柳屯的"：

没有她，夏老者是头一个必向儿子反攻的。夏廉有相当的厉害，可是打算大获全胜非仗着"柳屯的"不可。真要闹到县里去，而"柳屯的"被扣起来，他便进退两难了：不设法弄出她来吧，他失去了靠山；弄出她来吧，得花钱；所以他来劝我。

"我不要求你帮助夏大嫂——你自己的妻子；你也不用管我怎样对待'柳屯的'。咱们就说到这儿吧。"

第二天，"柳屯的"骑着驴，打着伞，到县城里骂去了：由东关骂到西关，还骂的是夏老王八与夏廉。她试试。试试城里有人抓她或拦阻她没有。她始终不放心县里。没人拦她，她打着得胜鼓回来了；当天晚上，她在场院召集布道会，咒诅夏家，并报告她的探险。

战事是必不可避免的，我看准了。只好预备打吧，有什么法子呢？没有大靡乱，是扫不清咱们这个世界的污浊的；以大喻小，我们村里这件事也是如此。

这几天村里的人都用一种特别的眼神看我，虽然我并没想好如何作战——不过是她来，我决不退缩。谣言说我已和那位"军官"勾好，也有人说我在县里打垫妥当；这使我很不自在。其实我完全是"玩玩票"，不想勾结谁。赵五都不肯帮助我，还用说别人？

村里的人似乎永远是圣明的。他们相信好运是有年限的，果然是这样；即使我不信这个，也敌不过他们——他们只要一点偶合的事证明了天意。正在夏家二姐要出阁之前，"柳屯的"被县里拿了去。村里的人知道底细，可是暗中都用手指着我。我真一点也不知道。

　　过了几天，消息才传到村中来：村里的一位王姑娘，在城里当看护。恰巧县知事的太太生小孩，把王姑娘找了去。她当笑话似的把"柳屯的"一切告诉了知事太太，而知事太太最恨作小老婆的，因为知事颇有弄个"人儿"的愿望与表示。知事太太下命令叫老爷"办"那个娘们，于是"柳屯的"就被捉进去。

　　村里人不十分相信这个，他们更愿维持"柳屯的"交了五年旺运的说法，而她所以倒霉还是因为我。松儿大爷一半满意，一半慨叹的说："我说什么来着？出不了三四年，夏家连块土坯也落不下！应验了吧？县里，二三百亩地还不是白填进去！"

　　夏廉决定了把她弄出来，愣把钱花在县里也不能叫别人得了去——他的爸爸也在内。

　　夏老者也没闲着，没有"柳屯的"，他便什么也不怕了。

夏家父子的争斗，引起一部分人的注意——张二愣，刘四，冯二头，和宋寡妇等全决定帮助夏廉。"柳屯的"是他们的首领与恩人。连赵五都还替她吹风——"到了县衙门，'柳屯的'还骂呢，硬到底！没见她走的时候呢，叫四个衙役搀着她！四个呀，衙役！"

夏二姐平平安安的被娶了走。暑天还没过去，夏大嫂便死了；她笑着死的。三姐被她的大姐接了走。夏家父子把夏大嫂的东西给分了。宋寡妇说："要是'柳屯的'在家，夏大嫂那份黄杨木梳一定会给了我！夏家那俩爷们一对死王八皮！"

"柳屯的"什么时候能出来，没人晓得。可是没有人忘了她，连孩子们都这样的玩耍："我当'柳屯的'，你当夏老头？"他们这样商议；"我当'柳屯的'！我当'柳屯的！'我的眼会弩着！"大家这么争论。

连我自己也觉得有点对不起她了，虽然我知道这是可笑的。

末一块钱

一阵冷风把林乃久和一块现洋吹到萃云楼上。

楼上只有南面的大厅有灯亮。灯亮里有块白长布，写着点什么——林乃久知道写的是什么。其余的三面黑洞洞的，高，冷，可怕。大厅的玻璃上挂着冷汗，把灯光流成一条条的。厅里当然是很暖的，他知道。他不想进去，可是厅里的暖气和厅外的黑冷使他不能自主；暖气把他吸了进去，像南风吸着一只归燕似的。

厅里的烟和暖气噎得他要咳嗽。他没敢咳嗽，一溜歪斜的奔了头排去，他的熟座儿；茶房老给他留着。他坐下了，心中直跳，闹得慌，疲乏，闭上了眼。茶房泡过一壶茶来，放下两碟瓜子。"先生怎么老没来？有三天了吧？"林乃久似乎没听见什么，还闭着眼。头上见了汗，他清醒过来。眼前的一切还是往常的样子。台上的长桌，桌上的绣围子——团凤已搭拉下半边，老对着他的鼻子。墙上的大镜，还崎岖古怪的反映出人，物，灯。镜子上头的那些大红纸条：金翠，银翠，碧艳香……他都记得；史莲云，他不敢再看；但是他得往下看：史莲霞！他只剩了一块钱。这一块圆硬的银饼似乎有多少历史，都与她有关系。他不敢去想。他扭过头来看看后边，后边只有三五组人：那两组老头儿照例的在最后面摆围棋。其余的嗑着瓜子，喝着小壶闷的酽茶，谈笑着，出去小便，回来擦带花露水味的，有大量热气的手巾把儿。跟往日一样。"有风，人不多。"他想。可是，屋里的烟，热气，棋子声，谈笑声，和镜子里的灯，减少了冷落的味道。他回过头来，台上还没有人。他坐在这里好呢？还是走？他只有一块钱，最后的一块！他能等着史莲霞上来而不点曲子捧场么？他今天不是来听她。茶房已经过来了："先生，回来点个什么？"递了一把手巾。林乃久的嘴在手巾里哼了句："回头再说。"但是他再也坐不住。他想把那块钱给了茶房，就走。这块钱吸住了他的手，这末一块钱！他不能动了。浪漫，勇气，青春，生命，都被这块钱拿住，也被这块钱结束着。他坐着不动，渺茫，心里发冷。待会儿再走，反正是要走的。眼睛又碰上红纸条上的史莲霞！

他想着她：那么美，那么小，那么可怜！可怜；他并不爱她，可怜她的美，小，穷，与那——那什么？那容易到手的一块嫩肉！怜是需要报答的。但是一块钱是没法行善的。他还得走，马上走，叫史莲霞看见才没办法！上哪儿呢？世界上只剩了一块钱是他的，上哪儿呢？

假如有五块钱——不必多——他就可以在这儿舒舒服服的坐着；而且还可以随着莲霞姊妹到她们家里去喝一碗茶。只要五块钱，他就可以光明磊落的，大大方方的死。可是他只有一块，在死前连莲霞都不敢看一眼！残忍！

疲乏了，他知道他走了一天的道儿；哪儿都走到了，还是那一块钱。他就在这儿休息会儿吧，到底他还有一块钱。这一块钱能使他在这儿暖和两三点钟，他得利用这块钱；两三点钟以后，谁知道呢！

台上一个只仗着点"白面儿"活着的老人来摆鼓架。走还是不走？林乃久问他自己。没地方去，他没动。不看台上，想着他自己；活了二十多年没这么关心自己过；今天他一刻儿也忘不了自己。他几乎要立起来，对镜子看看他自己；可是没这个勇气。他知道自己体面，和他哥哥比起来，哥儿俩差不多是两个民族的。哥哥；

他的钱只剩了一块，因为哥哥不再给。哥哥一辈子不肯吃点肉，可怜的乡下老！哥哥把钱都供给我上学。哥哥不错，可是哥哥有哥哥的短处：他看不清弟弟在大城里上学得交际，得穿衣，得敷衍朋友们。哥哥不懂这个。林乃久不是没有人心的，毕业后他会报答哥哥的，想起哥哥他时常感激；有时候想在毕业后也请哥哥到城里来听听史莲霞。可是哥哥到底是乡下佬，不懂场面！

哥哥不会没钱，是不明白我，不肯给我。林乃久开始恨他的哥哥。他不知道哥哥到底有多少财产，他也不爱打听；他只知道哥哥不肯往外拿钱。他不能不恨哥哥；由恨，他想到一种报复——他自己去死，把林家的希望灭绝：他老觉得自己是林家的希望；哥哥至好不过是个乡下老。"我死了，也没有哥哥的好处！"他看明白自己的死是一种报复，一种牺牲；他非去死不可，要不然哥哥总以为他占了便宜。

只顾了这样想，台上已经唱起来。一个没有什么声音，而有不少乌牙的人，眼望着远处的灯，作着梦似的唱着些什么。没有人听他。林乃久可怜这个人，但是更可怜自己。他想给这个人叫个好，可是他的嘴张不开。假如手中有两块钱的话，他会赏给这个乌牙鬼一块，结个死缘；可是他只有一块。他得死，给哥哥个报复，看林家还找得着他这样的人找不着！他，懂得什么叫世面，什么叫文化，什么叫教育，什么叫前途！让哥哥去把着那些钱，绝了林家的希望！

那个乌牙鬼已经下去了，换上个女角儿来。林乃久的心一动；要是走，马上就该走了，别等莲霞上来，莲霞可是永远压台；他舍不得这个地方，这个暖气，这条生命；离开这个地方只有死在冷风里等着他！他没动。他听不见台上唱的是什么。他可是看了那个弹弦子的一眼，一个生人，长得颇像他的哥哥。他的哥哥！他又想起来：来听听曲子，就连捧莲霞都算上，他是为省钱，为哥哥省钱；哥哥哪懂得这个。头一次是老何带他到萃云楼来的。老何是多么精明的人：永远躲着女同学，而闲着听听鼓书。交女友得多少钱？听书才花几个子儿？就说捧，点一个曲儿不是才一块钱吗？哥哥哪懂得这个？假如像王叔远那样，钓上女的就去开房间，甚至于叫女友有了大肚子，得多少钱？林乃久没干过这样的事。同学不是都拿老何与他当笑话说吗：他们不交女友，而去捧莲霞！为什么，不是为省钱么？他和老何一晚上一共才花两块多钱，一人点一个曲子。不懂事的哥哥！

可是在他的怒气底下，他有点惭愧。他不止点曲子，他还给莲霞买过鞋与丝袜子。同学们的嘲笑，他也没安然的受着，他确是为莲霞失眠过。莲霞——比起女学生来——确是落伍。她只有好看，只会唱；她的谈吐，她的打扮，都落在女学生的后边。她的领子还是碰着耳朵，女学生已早不穿元宝领了。"她可怜。"他常这么想，常拿这三个字作原谅自己的工具。可是他也知道他确是有点"迷"。这个"迷"是立在金钱上，有两块钱便多听她唱两个曲子，多看她二十分钟。有五块钱便可以到她家去玩一点钟。她贱！他不想娶她，他只要玩玩。她比女学生们好玩，她简单，美，知道洋钱的力量。为她，他实在没花过多少钱。可是间接的，他得承认，花的不少。他得打扮。他得请朋友来一同听她，——去跳舞不也是交际么，这并不比舞场费钱——他有时候也陪着老何去嫖。但这都算在一块儿，也没有王叔远给人家弄出大肚子来花的多。至于道德，林乃久是更道德的。不错，莲霞使他对于嫖感觉兴趣。可是多少交着女朋友的人们不去找更实用的女人去？那群假充文明的小鬼！

况且，老何是得罪不得的，老何有才有钱有势力；

在求学时代交下个好友是必要的；有老何，林乃久将来是不愁没有事的。哥哥是个胡涂虫！

他本来是可以找老何借几块钱的，可是他不能，不肯；老何那样的人是慷慨的，可是自己的脸面不能在别人的慷慨中丢掉。况且，假如和老何去借，免不掉就说出哥哥的胡涂来，哥哥是乡下佬。不行，凭林乃久，哥哥是乡下佬？这无伤于哥哥，而自己怎么维持自己的尊严？林乃久死在城里也没什么，永远不能露出乡下气来。

台上换了金翠。他最讨厌金翠，一嘴假金牙，两唇厚得像两片鱼肚；眼睛看人带着钩儿。他不喜欢这个浪货；莲霞多么清俊，虽然也抹着红嘴唇，可是红得多么润！润吧不润吧，一块钱是跟那个红嘴不能发生关系的。他得走，能看着别人点她的曲子么？可是，除了宿舍没地方去。宿舍，像个监狱；一到九点就撤火。林乃久只剩了一条被子和身上那些衣裳。他不能穿着衣裳睡，也不能卖了大衣而添置被子；至死不能泄气。真的，在乡间他睡过土炕，穿过撅尾巴的短棉袄；但那是乡下。他想起同学们的阔绰来，越恨他的哥哥。同学们不也是由家里供给么？人家怎么穿得那么漂亮？是的，他自己的服装不算不漂亮，可是只在颜色与样子上，他

没钱买真好的材料。这使他想起就脸红，乡下老穿假缎
子！更伤心的是，这些日子就是匀得出钱也不敢去洗
澡，贴身的绒衣满是窟窿！他的能力与天才只能使他维
持着外衣，小衣裳是添不起的。他真需要些小衣裳，他
冷。还不如压根儿就不上城里来。在乡下，和哥哥们一
锅儿熬，熬一辈子，也好。自然那埋没了他的天才，可
是少受多少罪呢。不，不，还是幸而到城里来了；死在
城里也是值得的。他见过了世面，享受了一点，即使是
不大一点。那多么可怕，假如一辈子没离开过家！土
炕，短棉袄，棒子面的窝窝，没有一个女人有莲霞的一
零儿的俊美。死也对不起阎王。现在死是光荣的。他心
里舒服了点，金翠也下去了。

"莲霞唱个《游武庙》！"

林乃久几乎跳了起来。怎么莲霞这么早就上来？
他往后扫了一眼，几个摆棋的老头儿已经停住，其中一
个用小乌木烟袋向台上指呢。"啊，这群老家伙们也捧
她！"林乃久咬着牙说。老不要脸！他恨，妒；他没
钱，老梆子们有。她，不过是个玩物。

莲霞扭了出来。她扭得确是好。只那么几步，由
台帘到鼓架。她低着点头，将将的还叫台下看得见她的

红唇，微笑着。两手左右的找胯骨尖作摆动的限度，两胯摆得正好使上身一点不动，可是使旗袍的下边左右的摇摆。那对瘦溜的脚，穿着白缎子绣红牡丹的薄鞋，脚尖脚踵都似乎没着地，而使脚心揉了那么几步。到了鼓架，顺着低头的姿式一弯腰，长，慢，满带着感情的一鞠躬。头忽然抬起来，像晓风惊醒了的莲花，眼睛扫到了左右远近，右手提了提元宝领，紧跟着拿起鼓槌，轻轻的敲着。随便的敲着鼓，随便的用脚尖踢踢鼓架，随便的摇着板，随便的看着人们。

林乃久低下头去，怕遇上她的眼光。低着头把她的美在心里琢磨着。老何确是有见识，女学生是差点事的，他想。特别是那些由乡下来的女学生：大黑扁脸，大扁脚，穿着大红毛绳长坎肩！莲霞是城里的人，到底是城里的人！她只是穷，没有别的缺点；假如他有钱，或是哥哥的钱可以随便花……他知道她的模样：长头发齐肩，拢着个带珠花的大梳子。长脸，脑门和下巴尖得好玩，小鼻子有个圆尖；眼睛小，可是双眼皮，有神；嘴顶好看……他还要看看，又不敢看；假如他手里有五块钱！

莲霞的嗓音不大，可是吐字清楚，她的唇，牙，

腮，手，眼睛都帮助她唱；她把全身都放在曲子里，她
不许人们随便的谈笑，必得听着她。她个子不高，可是
有些老到的结实的，像魔力的，一点精神。这点精神使
她占领了这个大厅：那些光，烟，暖气，似乎都是她
的。林乃久只有一块钱，什么也不是他的。

可是，她也没有什么，除了这份本事。林乃久记得
她家里只有个母亲和点破烂东西。她和他一样，财产都穿
在身上。想到这儿，他真要走了；他和她一样？先前没想
到过。先前他可怜她，现在是同病相怜。与一个唱鼓书的
同病相怜？他一向是不过火的自傲，现在他不能过火的自
卑。况且她的姐姐——史莲云——原先下过窑子呢！自己
的哥哥至多不过是个乡下老，她的姐姐下过窑子。他不能
再爱她；打算结婚的话，还得娶个女学生；莲霞只能当
个妾。倒不是他一定拥护娶妾的制度，不是，可是……

"莲霞，再唱个《大西厢》！"

林乃久连头也没抬。往常他只点她一个曲子，倒
不专为省钱，是可怜她的嗓子；别人时常连点好几个曲
儿，他不去和人家争强好胜；一连气唱几个，他不那么
残忍。他拿她当个人待，她不是留声机。今天，他冷
淡，别人点曲子，他听着，他无须可怜她。她受累，可

是多分钱呢；他只有一块钱。他读书不完全为自己，可是没人给他钱，是的，钱是一切；有钱可以点她一百个曲子，一气累死她，或者用一堆钱买了她，专为自己唱。没有什么人道不人道。假若他明天来了钱，他可以一气点她几个曲子。谁知道世界是怎么回事呢；钱是顶宝贝的东西，真的。明天打哪儿会来钱呢？

莲霞还笑着，可是唱得不那么带劲了。

他看了台上一眼，莲霞的眼恰恰的躲开他。故意的，他想。手中就是短几块钱！她的眼向后边扫，后边人点的曲子。林乃久的怒气按不住了："好！"他喊了出来。喊了，他看着莲霞。她嘴角上微微有点笑，冷笑，眼角瞭了他一下，给他一股冷气。"好！"他又喊了。莲霞的眼向后边笑着一扫。后边说了话：

"我花钱点她唱，没花钱点你叫好，我的老兄弟！"

大厅里满了笑声。

林乃久站起来："什么？"

"我说，等我烦你叫好，你再叫；明白不明白？"后边笑着说。

林乃久看清，这是靠着窗子一个胖子说的。他没再说什么，抄起茶碗向窗户扔了去。哗啦，玻璃和茶碗全碎了。他极快的回头看了莲霞一眼。她已经不唱了，嘴张着点。

"怎么着，打吗？"胖子立起来，往前奔。

大家全站起来。

"妈的有钱自己点曲呀，装他妈的孙子。"胖子被茶房拦住，骂得很起劲。

"太爷点曲子的时候，还他妈的没你呢！"林乃久可是真的往前奔。

"小子你拍出来，你他妈的要拍得出十块钱来，我姓你姥姥的姓！"

林乃久奔过去了。茶房，茶客，乱伸手，乱嚷嚷，把他拦住。他在一群手里，一团声音里，一片灯光里，不知道怎的被推了出来。外边黑，冷，有风。他哆嗦开了，也冷静了。

上哪儿去呢？他慢慢的下着楼。

走出去有半里地了，他什么也没想。霹雳过去了，晴了天，好像是。可是走着走着他想起刚才的事来，仿佛已隔了好久。他想回去，回到萃云楼下等莲霞出来；跟她说句话。最后的一句话似乎该跟她说，要对她说明他不是个光棍土匪，爱打架；他是为怜爱她才扔那个茶碗。可是这也含着点英雄气概：没有英雄气的人，至死也不会打架的。这个自然得叫莲霞表示出来，自己不便说自己怎么英雄。她看出这个来，然后，死也就甘心了。

可是他没往回走，他觉得冷。回宿舍去睡。想到宿舍更觉得有死的必要，凭林乃久就会只剩了一条被子？没有活着的味儿。好在还有一块钱，去买安眠药水吧。他摸了摸袋中，那块现洋没了。街上的铺子还开着，买安眠药水与死还都不迟，可是那块钱不在袋中了。想是打架的时候由袋里跳出去，惊乱中也没听到响儿。不能回去找，不能；要是张十块的票子还可以，一块现洋……自杀是太晚了，连买斤煤油的钱也没有了。他和一切没了关系，连死也算上。投河是可以不花钱；可是，生命难道就那么便宜？白白把自己扔在河里，连一个子儿都不值？

他得快走，风不大，可是钻骨头。快快的走，出了汗便不觉得冷了。他快走起来，心中痛快了些。听着自己的脚步声，蹬蹬的，他觉得他不该死。他是个有作为的人。应当设法过去这一关，熬到毕业他自然会报仇：哥哥，莲霞，那个胖子……都跑不了。他笑了。还加劲的走。笑完了，他更大方了，哥哥，莲霞，胖子都不算什么，自己得了志才不和他们计较呢。明天还是先跟老何匀几块钱，先打过这一关。

好像老何已经借给他了，他又想起萃云楼来。袋中有了钱，约上老何，照旧坐在前排，等那个胖子。老何是有势力的；打了那个胖子，而后一同到莲霞家中去；她必定会向他道歉，叫他林二爷，那个小嘴！就这么办。青春，什么是青春？假如没有这股子劲儿？

回到了宿舍，他几乎是很欢喜的。别的屋里已经有熄灯睡觉的了，这群没有生命的玩艺儿。他坐在了床上，看着自己的鞋尖，满是土。屋里冷。坐了会儿，他不由的倒在床上。渺茫，混乱，金钱，性欲，拘束，自由，野蛮与文化，残忍与漂亮，青春与老到，捻成了一股邪气，这股气送他进入梦中。

萃云楼的大厅已一点亮儿没有了，他轻手蹑脚的推开了门，在满盖着瓜子皮烟卷头的地上摸他那块洋钱……

可是萃云楼在事实上还有灯亮儿，客已散净，只仗着点"白面儿"活着的那个人正在扫地。哗啷一声，他扫出一块现洋："啊，还是有钱的人哪，打架都顺便往下掉现洋！"他拾起钱来，吹了吹，放在耳旁听听："是真的！别再猫咬尿泡瞎喜欢！"放在袋中，一手扫地，一手按着那块钱。他打算着：还是买双鞋呢，还是……他决定多买四毛钱的"白面儿"，犒劳犒劳自己。

老年的浪漫

自慰的话是苦的，外面包了层糖皮。刘兴仁不再说这种话。失败有的是因为自己没用，有的是外方的压迫；刘兴仁不是没用的人，他自己知道，所以用不着那种示弱的自慰。他得努力，和一切的事与一切的人硬干，不必客气。他的失败是受了外方的欺侮，他得报仇。他已经六十了，还得活着，至少还得活上几十年，叫社会看看他到底是个人物。社会对不起他，他也犯不上对得起社会；他只要对得起自己，对得起这一生。六十岁看明白了这个还不算晚。没有自慰，他对人人事事宣战。

在他作过的事情上，哪一件不是他的经营与设计？他有才，有眼睛。可是事情办得有了眉目，因着他的计划大家看出甜头来；好，大家把他牺牲了。六十以前，对这种牺牲，他还为自己开路儿，附带着也原谅了朋

111

友："凡事是我打开道锣，我开的道，别人得了便宜，也好！"到了六十上，他不能再这么想。他不甘于躺在棺材里，抱着一团委屈与牺牲，他得为自己弄点油水。

哪件事他对不起人？惜了力？走在后头？手段不漂亮？没有！没有！对政治，哪一个有来头的政党，他不是首先加入？对社会事业，哪件有甜头的善事，不是他发起的？对人，哪个有出息的，他不先去拉拢？凭良心说，他永远没落在后头过；可是始终也没走到前边去。命！不，不是命；是自己太老实，太好说话，太容易欺侮了。到六十岁，他明白了，不辣到底，不狠到家，是不能成功的。

对家人，他也尽到了心。在四十岁上丧了妻，他不打算再娶；对得起死鬼，对得起活着的。他不能为自己的舒服而委屈了儿女。儿女！儿子是傻子；女儿——已经给她说好了人家，顶好的人家——会跟个穷画画的偷跑了！他不能再管她，叫她去受罪；他对得起她，她不要脸。儿子，无论怎么傻，得养着，也必定给娶个媳妇；凡是他该办的，他都得办。谁叫他有个傻儿子呢！

天非常的冷，一夜的北风把屋里的水缸都盖上层冰。刘兴仁得早早的起。一出被窝，一阵凉风把一身老骨头吹得揪成一团。他咳嗽了一阵。还得起！风是故意的欺侮他，他不怕。他一边咳嗽，一边咒骂，一边穿衣服。

下了地，火炉还没有升上；张妈大概还没有起来。他是太好说话了，连个老妈子都纵容得没有个样子，他得骂她一顿，和平是讲不通的。

他到院中走走溜儿。风势已杀了点，尖溜溜的可是刺骨。太阳还没出来，东方有些冷淡的红色。天上的蓝色含着夜里吹来的黄沙，使他觉得无聊，惨淡。他喊张妈。她已经起来，在厨房里熬粥呢。他没骂出来，可是又干又倔的要洗脸水。南屋里，他的傻儿子还睡呢，他在窗外听了听，更使他茫然。他不信什么天理报应，不信；设若老天有知，怎能叫他有个傻儿子？比他愚蠢的人多极了，他的儿子倒是个傻子；没理可讲！他只能依着自己的道儿办。儿子傻也得娶个媳妇；老天既跟他过不去，他也得跟别人过不去。他有个傻小子，反正得有个姑娘来位傻丈夫；这无法，而且并非不公道。

洗了脸，他对着镜子发愣。他确是不难看，虽然是上了岁数。他想起少年的事来。二十，三十，四十，五十，他总是体面的。现在六十了，还不难看。瘦瘦的长脸，长黑胡子，高鼻梁，眼睛有神。凭这样体面一张脸，断了弦都不想续，不用说走别的花道儿了。窑子是逛的，只为是陪朋友；对别的妇女是敬而远之，不能为娘们耽误了自己的事；可是自己的事在哪里呢？为别人说过媒，买过人儿，总是为别人，可是自己没占了便宜，连应得的好处也得不到。自己是干什么的呢？

张妈拿来早饭，他拚命的吃。往常他是只喝一碗粥，和一个烧饼的。今天他吃了双份，而且叫她去煮两个鸡子。他得吃，得充实自己；东西吃在自己肚里才不冤。吃过饭，用湿手巾擦顺了胡子，他预备出去。风又大起来，不怕；奔走了一辈子，还怕风么？他盘算这一天该办的事，不，该打的仗。他不能再把自己作好的饭叫别人端了去，拚着这一身老骨头跟他们干！

他得先到赈灾会去。他是发起人，为什么钱，米，衣服，都是费子春拿着，而且独用着会里的汽车？先和费子春干一通，不能再那么傻。赈了多少回灾了，自己可剩下了什么？这回他不能再让！他穿起水獭领子的大衣，长到脚面，戴上三块瓦的皮帽，提起手杖，他知道他自己体面；在世上六十年，不记得自己寒碜过一回。他不老，他的前途还远得很呢；只要他狠，辣，他总会有对得起自己的一天。

太阳已经出来，一些薄软的阳光似乎在风中哆嗦。刘兴仁推开了门。他不觉得很冷，肚子里有食，身上衣厚，心中冒着热气。他无须感谢上天，他的饱暖是自己卖力气挣来的；假如他能把费子春打倒，登时他便能更舒服好多。他高兴，先和北风反抗，而后打倒费子春。他看见了他的儿子，在南屋门口立着呢，披着床被子。他的儿子不难看，有他的个儿，他的长脸，他的高鼻子，就是缺心眼。他疼爱这个傻小子。女儿虽然聪明，可是偷着跟个穷画画儿的跑了，还不如缺心眼的儿子。况且爸爸有本事，儿子傻一点也没多大关系，虽然不缺心眼自然更好。

"进去，冻着！"他命令着，声音硬，可是一心的爱意。

"爸，"傻小子的热脸红扑扑的；两眼挺亮，可是直着；委委屈屈的叫。"你几儿个给我娶媳妇呀？说了不算哪？看我不揍你的！"

"什么话！进去！"刘老头子用手杖叱画着，往屋里赶傻小子。他心中软了！只有这么一个儿子！虽然傻一点，安知不比油滑鬼儿更保险呢？他几乎忘了他是要出门，呆呆的看着傻小子的后影——背上披着红蓝条儿的被子。傻小子忘了关屋门，他赶过去，轻轻把门对上。

出了街门，又想起费子春来。不仅是去找费子春，今天还得到市参议会去呢。把他们捧上了台，没老刘的事，行！老刘给他们一手瞧瞧！还有商会的孙老西儿呢，饶不了他。老刘不再那么好说话。不过，给儿子张罗媳妇也得办着；找完孙老西儿就找冯二去。想着这些事，他已出了胡同口。街上的北风吹断了他的思路。马路旁的柳树几乎被吹得对头弯，空中飕飕的吹着哨子，电线颤动着扔扔的响。他得向北走，把头低下去，用力拄着手杖，往北曳。他的高鼻子插入风中，不大会儿流出清水，往胡子上滴。他上边缓不过气来，下边大衣裹着他的腿。他不肯回头喘口气，不能服软；喉中噎得直响。他往前走，头向左偏一会儿，又向右偏一会儿，好像是在游泳。他走。老背上出了汗。街上没有几辆车；问他，他也不雇；知道这样的天气会被车夫敲一下的。他不肯被敲。有能力把费子春的汽车弄过来，那是本事。在没弄过汽车来的时候，不能先受洋车夫的敲。他走。他的手已有些发颤，还走。他是有过包车的；车夫欺侮他，他不能花着钱找气受。下等人没一个懂得好歹，没有。他走。谁的气也不受。可是风野得厉害，他已喘上了。想找个地方避一避。路旁有小茶馆，但是他不能进去，他不能和下等人一块挤着去。他走。不远就该进胡同了，风当然可以小一些，风不会永远挡着他的去路的。他拿出最后的力量，手杖敲在冻地上，哪哪儿的响；可是风也顶得他更加了劲，他的腿在大衣里裹得找不着地方，步儿乱了，他不由的要打转。他的心中发热，眼中起了金花。他拄住了手杖，不敢再动；可是用力的镇定，渺渺茫茫的他把生命最后的勇气唤出来，好像母亲对受了惊的小儿那样说："不怕！不怕！"他知道他的心力是足的；站住不动，一会儿就会好的。听着耳旁的风声，闭着眼，胡涂了一会儿；可是心里还知道事儿，任凭风从身上过去，他就是不撒手手杖。像风前的烛光，将要被吹灭而又亮起来，他心中一迷忽，浑身下了汗，紧跟着清醒了。他又确定的抓住了生命，可不敢马上就睁眼。脸上满是汗，被风一吹，他颤起来。他软了许多，无可奈何的睁开了眼，一切都随着风摇动呢。他本能的转过身来，倚住了墙；背着风，他长叹了口气。

还找费子春去吗？他没精神想，可又不能不打定了主意，不能老在墙根儿下站着——蹲一蹲才舒服。他得去，不能输给这点北风。后悔没坐个车来，但后悔是没用的。他相信他精力很足，从四十上就独身，修道的人也不过如是。腿可是没了力量。去不去呢？就这样饶了费子春么？又是一阵狂风，掀他的脚跟，推他的脖子，好像连他带那条街都要卷了走。他飘轻的没想走而走了几步，迷迷忽忽的，随着沙土向前去，仿佛他自己也不过是片鸡毛；风一点也不尊重他。走开了，不用他费力，胡子和他一齐随着风往南飘飘。找费子春是向北去。可是他收不住脚，往南就往南吧；不是他软弱，是费子春运气好，简直没法不信运气，多少多少事情是这么着，一阵风，一阵雨，都能使这个人登天，那个人入地。刘兴仁长叹了一口气，谁都欺侮他，连风算上。

又回到自己的胡同口，他没思索的进了胡同。胡同里的风好像只是大江的小支流，没有多大的浪。顺着墙走，简直觉不到什么，而且似乎暖和了许多。他的胡子不在面前引路了，大衣也宽松了，他可以自由的端端肩膀，自由的呼吸了。他又活了，到底风没治服了他。他放慢了步，想回家喝杯茶去。不，他还得走。假如风帮助费子春成功，他不能也饶了冯二。到了门口，不进去，傻儿子作什么呢？不进去。去找冯二。午后风小了——假如能小了——再找费子春；先解决冯二。

走过自己的门口。是有点累得慌，他把背弯下去一点，稍微弯下去一点，拄着手杖，慢慢的，不忙，征服冯二是不要费多大力气的。

想起冯二，立刻又放下冯二，而想起冯二的女儿。冯二不算什么东西。冯二只是铺子的一块匾，货物是在铺子里面呢。冯姑娘是货物。可是事情并不这样简单，他的背更低了些。每一想起冯姑娘，他就心里发软，就想起他年轻时候的事来，不由的。他不愿这么想，这么想使他为难，可是不由的就这么想了。他是为儿子说亲事，而想到了自己，怎好意思呢？这个丫头也不是东西，叫他这么别扭！谁都欺侮他，这个冯丫头也不是例外，她叫他别扭。

往南一拐就是冯二的住处，随着风一飘就到了，仿佛是。冯二在家呢。刘兴仁不由的挂了气。凭冯二这块料，会舒舒服服的在家里蹲着，而他自己倒差点被风刮碎了！冯二的小屋非常的暖和，使老刘的脸上刺闹的慌，心里暴躁。冯二安安静静的抱着炉子烤手，可恶的东西。

"刘大哥，这么大风还出来？"冯二笑着问。

"命苦吗，该受罪！"刘兴仁对冯二这种人是向来不留情的。

"得了吧，大哥的命还苦；看我，连件整衣裳都没有！"冯二扯了扯自己的衣襟，一件小棉袄，好几处露着棉花。

刘兴仁没工夫去看那件破棉袄，更没工夫去同情冯二。冯二是他最看不起的人，该着他的钱，不要强，大风的天在屋里烤手，不想点事情作！他脱了大衣，坐在离火最远的一把破椅子上，他不冷；冯二是越活越抽抽。

冯二，五十多岁，瘦，和善，穷，细长的白手被火烤得似乎透明。

刘老头子越看冯二越生气。为减少他的怒气，他问了声："姑娘呢？"

"上街了，去当点当；没有米了。"冯二的眼钉着自己的手。

"这么冷的天，你自己不会去，单叫她去？"刘老头子简直没法子不和冯二拌嘴，虽然不屑于和他这样。

"姑娘还有件长袍，她自己愿意去，她怕我出去受不了；老是这么孝顺，她。"冯二慢慢的说，每个字都带着怜爱女儿的意思。

这几句话的味儿使刘兴仁找不到合适的回答。驳这几句话的话是很多很多；可是这点味儿，这点味儿使他心里的硬劲忽然软了一些，好像忽然闻到一股花香，给心里的感情另开了一条道儿，要放下怒气而追那股香味去。

可是紧跟着他又硬起来。他想出来了：他自己对家中的傻小子便常有这种味儿，对。可是亲族朋友，连傻小子，对"他"可曾有过这种味儿没有呢？没有！谁都欺侮他！冯二倒有个姑娘替他去作事，孝顺，凭什么呢？凭哪点呢？

他也想到：冯二是个无能之辈。可是怎会有个孝顺女儿的呢？呕！冯二并不老实，冯二是有手段的，至少是有治服了女儿的手段！连冯二这无用的人也有相当的本事，会治服了女儿。刘兴仁想到这里，几乎坐不住了。他一辈子没把任何人治服。自己的女儿跟个穷画画的跑了，儿子是个傻子。费子春，孙老西儿……都欺侮他，而他没把任何人拿下去。冯二倒在家中烤着手，有姑娘给他去当当！连冯二都不如，怎么活来着？他得收拾冯二。拿冯二开刀，证明他也能治服了人。

冯二烤着手，连大气也不敢出，他一辈子没得罪过人，没说过错话。和善使他软弱，使他没有抵抗的力量。穿着飞棉花的短袄，他还怕得罪人。他爱他的女儿，也怕她。设若不是怕她，他决不肯叫她在这么冷的天出去。"怕"使"爱"有了边界，要不然他简直可以成佛成仙了。他可怜刘兴仁，可是不敢这么说，虽然他俩是老朋友，他怕。他不敢言语。

两个人正在这么一声不出，门儿开了，进来一股冷风，他们都哆嗦了一下。冯姑娘进来。

"快烤烤来！"冯二看着女儿的脸叫。

女儿没注意父亲说了什么，去招呼客人："刘伯伯？这么冷还出来哪？身体可真是硬朗！"

刘兴仁没答出话来。不晓得为什么，他一见冯姑娘，心中就发乱。他看着她。她的脸冻得通红，鼻洼挂着些土，青棉袍的褶儿里也有些黄沙。她的个儿不高，圆脸，大眼睛，头发多得盖上了耳朵。全身都圆圆的，有力气，活泼。手指冻得鲜红，腋下夹着个小蓝布包。她不甚好看，不甚干净，可是有一种活力叫刘老头子心乱。她简单，灵便，说话好听。她把蓝布包放在爸的身旁，立在炉前烤手，烤一烤，往耳上鼻上捂一捂："真冷！我不叫你出去，好不好？"她笑着问爸——不像是问爸，像问小孩呢。

冯二点了点头。

"沏茶了没有？"姑娘问，看了客人一眼。

"没有茶叶吧？"爸的手离火更近了些。

"可说呢，忘了买。刘伯伯喝碗开水吧？"她脸对脸的问客人。

刘兴仁爱这对大眼睛，可又有点怕。他摇了摇头。他心中乱。父女这种说话法，屋里那种暖和劲儿，这种诚爽亲爱，使他木在那里。他羡慕，忌恨冯二。有这个女儿，他简直治服不了冯二，除非先把这个女儿擒住。怎么擒她呢？叫她作儿媳妇呢？还是作……他的傻儿子闹着要老婆，不是一天了。只有冯姑娘合适。她身体好，她的爸在姓刘的手心里攥着。娶了她，一定会生个孙子；儿子傻，孙子可未必傻，刘家有了根。可是，一见冯姑娘，他不知怎的多了一点生力，使他想起年轻的事儿来。他要对得起儿子，可是他相信还会得个——或者不止一个——小儿子，不傻的儿子。他自己不老，必能再得儿子。他自己要是娶了她，他自己的屋中也会有旺旺的火，也会这样暖和，也会这样彼此亲爱的谈话。他恨张妈，张妈生的火没有暖气。要她当儿媳妇，或是自己要了她，都没困难。只是，自己爱那个傻小子，肯……他心中发乱。

可是，他受了一辈子欺侮，难道还得受傻儿子的气么？冯二可以治服了女儿，姓刘的就不能治服了个傻小子么？他想起许多心事，没有一件痛快的。他一辈子没抖起来过，虽然也弄个不缺吃不缺穿。衣食不就是享受，他六十了，应当赶紧打主意，叫生命多些油水；不，还不是油水，他得有个知心的，肉挨肉的，一切都服从他的，一点什么东西；也许就是个女人，像冯姑娘这样的。他还不老，打倒费子春们是必要的，可是也应当在家里，在床上，把生命充实起来。他还不老，他觉得出他的血脉流动得很快，能听到声儿似的，像雨后的高粱拔节儿，吱吱的响。傻小子可以等着。傻小子大不过去爸爸。爸应当先顾自己。一辈子没走在别人前面，虽然是费尽了心机；难道还叫傻小子再占去这点便宜么？他看着冯姑娘，红红的脸，大眼睛，黑亮的头发，是块肉！凭什么自己不可以吃一口呢？为冯姑娘打算也是有便宜的：自己有俩钱，虽然不多；一过门，她便是有吃有喝的太太，假如他先死，假如，她的后半辈子有了落儿。是的，他办事不能只为自己想，他公道。冯姑娘的福气不小，胖胖大大的，有福气——刘兴仁给他的。

姑娘进了里屋。他得说了，就是这么办了。他的血流到脸上来，自己觉出腮上有点发烧，他倒退了二三十年。怎么想怎么对，怎么使自己年轻。血是年轻的，而计划是老人的，他知道自己厉害。只要说出来，事情就算行了，冯二还有什么蹦儿么？这件小事还办不动，还成个人么？

可是他没说出来。愣着是没关系的：反正他不发言，冯二可以一辈子不出声的。那个傻儿子甩不开，他恨那个傻小子了。怎么安置这块痴累呢？傻小子要媳妇，自己娶，叫傻哥儿瞧着？大概不行。跟他讲理是没用的，他傻。嘿，刘兴仁咬住几根胡子。上天，假如有这么个上天，会欺侮人到底！给刘兴仁预备下一群精明的对头也还罢了，他的对头并不比他聪明，临完还来个无法处置的傻小子！嘿！聪明的会欺侮人，傻蛋也会欺侮人，都叫刘兴仁遇见了！他谁也不怕；谁也得怕，连傻儿子在内！

"刘伯伯，"姑娘觉得爸招待客人方法太僵得慌，在屋里叫，"吃点什么呀？我会作，说吧。"

"我还得找费子春去呢，跟他没完！"刘兴仁立起来。

"这么大的风？"

"我不怕！不怕！"刘老头子拿起大衣。

冯二没主意，手还在火上，立起来。送客出去会叫他着凉，不送又不好意思。

"爸，别动，我送刘伯伯！"姑娘已在屋里把脸上的土擦去，更光润了些。

"不用送！"看了她一眼，刘老头子喊了这么一句。

冯姑娘赶出来。刘兴仁几乎是跑着往外奔。姑娘的腿快，赶上了他：

"刘伯伯慢着点，风大！回家问傻兄弟好！"

一阵冷风把刘老头子———片鸡毛似的——裹了走。

毛毛虫

我们这条街上都管他叫毛毛虫。他穿的也怪漂亮，洋服，大氅，皮鞋，唰啷儿的。可是他不顺眼，圆葫芦头上一对大羊眼，老用白眼珠瞧人，仿佛是。尤其特别的是那两步走法儿：他不走，他曲里拐弯的用身子往前躬。遇到冷天，他缩着脖，手伸在大衣的袋里，顺着墙根躬开了，更像个毛毛虫。邻居们都不理他，因为他不理大家；惯了以后，大家反倒以为这是当然的——毛毛虫本是不大会说话儿的。我们不搭理他，可是我们差不多都知道他家里什么样儿，有几把椅子，痰盂摆在哪儿，和毛毛虫并不吃树叶儿，因为他家中也有个小厨房，而且有盘子碗什么的。我们差不多都到他家里去过。每月月底，我们的机会就来了。他在月底关薪水。他一关薪水，毛毛虫太太就死过去至少半点多钟儿。我们不理他，可是都过去救他的太太。毛毛虫太太好救：

只要我们一到了，给她点糖水儿喝，她就能缓醒过来，而后当着大家哭一阵。他一声也不出，冲着墙角翻白眼玩。我们看她哭得有了劲儿，就一齐走出来，把其余的事儿交给毛毛虫自己办。过两天儿，毛毛虫太太又打扮得花枝招展的出来卖呆儿，或是夹着小红皮包上街去，我们知道毛毛虫自己已把事儿办好，大家心里就很平安，而稍微的嫌时间走得太慢些，老不马上又是月底。按说，我们不应当这样心狠，盼着她又死过去。可是这也有个理由：她被我们救活了之后，并不向我们道谢，遇上我们也不大爱搭理。她成天价不在家，据她的老妈子说，她是出去打牌；她的打牌的地方不在我们这条街上。因此，我们对她并没有多少好感。不过，我们不能见死不救。况且，每月月底老是她死过去，而毛毛虫只翻翻白眼，我们不由的就偏向着她点，虽然她不跟我们一块儿打牌。假若她肯跟我们打牌，或者每月就无须死那么一回了，我们相信是有法儿治服毛毛虫的。话可又说回来，我们可不只是恼她不跟我们打牌，她还有没出息的地方呢。她不管她的两个孩子。一男一女，挺好的两孩子。哼，舍哥儿似的一天到晚跟着老妈子，头发披散得小鬼似的，脸永远没人给洗，早晨醒了就到街门口

外吃落花生。我们看不上这个，我们虽然也打牌，虽然
也有时候为打牌而骂孩子一顿，可不能大清早起的就给
孩子落花生吃。我们都知道怎样喂小孩代乳粉。我们相
信我们这条街是非常文明的，假若没有毛毛虫这一家
子，我们简直可以把街名改作"标准街"了。可是我们
不能撵他搬家，我们既不是他的房东，不能狗拿耗子多
管闲事。况且，他也是大学毕业，在衙门里作着事；她
呢，也还打扮得挺像样，头发也烫得曲里拐弯的。这总
比弄一家子"下三烂"来强，我们的街上不准有"下三
烂"。这么着，他们就一直住了一年多。一来二去的
我们可也就明白了点毛毛虫的历史。我们并不打听，
不过毛毛虫的老妈子给他往外抖啰，我们也不便堵上耳
朵。我们一知道了他们的底细，大家的意见可就不像先
前那么一致了。先前我们都对他俩带理不理的无所谓，
他们不跟我们交往，拉倒，我们也犯不上往前巴结，别
看他洋服唧哐儿的。她死过去呢，我们不能因为她不
识好歹而不作善事，谁不知道我们这条街上给慈善会捐
的小米最多呢。赶到大家一得到他俩的底细，可就有向
着毛毛虫的，也有向着毛毛虫太太的了。因为意见不
同，我们还吵过嘴。俗语说，有的向灯，有的向火，一

点也不错。据我们所得的报告是这样：毛毛虫是大学毕业，可是家中有个倒倒脚，梳高冠的老婆。所以他一心一意的得再娶一个。在这儿，我们的批语就分了岔儿。在大学毕过业的就说毛毛虫是可原谅的，而老一辈的就用鼻子哼。我们在打牌的时候简直不敢再提这回事，万一为这个打起来，才不上算。一来二去的，毛毛虫就娶上了这位新太太。听到这儿，我们多数人管他叫骗子手。可是还有下文呢，有条件：他每月除吃穿之外，还得供给新太太四十块零花。这给毛毛虫缓了口气，而毛毛虫太太的身分立刻大减了价。结婚以后——这个老妈子什么都知道——俩人倒还不错，他是心满意足，她有四十块钱花着，总算两便宜。可是不久，倒倒脚太太找上来了。不用说呀，大家闹了个天翻地覆。毛毛虫又承认了条件，每月给倒倒脚十五块零花，先给两个月的。拿着三十块钱，她回了乡下，临走的时候留下话：不定几时她就回来！毛毛虫也怪可怜的，我们刚要这样说，可是故事又转了个弯。他打算把倒倒脚的十五块由新太太的四十里扣下：他说他没能力供给她们俩五十五。挣不来可就别抱着俩媳妇呀，我们就替新太太说了。为这个，每月月底就闹一场，那时候她可还没发明出死半点

钟的法儿来。那时候她也不常出去打牌。直赶到毛毛虫
问她："你有二十五还不够，非拿四十干什么呀？！"
她才想出道儿来，打牌去。她说的也干脆："全数给我
呢，没你的事；要不然呢，我输了归你还债！"毛毛虫
没说什么，可是到月底还不按全数给。她也会，两三天
两三天的不起床，非等拿到钱不起来。拿到了钱，她又
打扮起来，花枝招展的出去，好像什么心事也没有似
的。"你是买的，我是卖的，钱货两清。"她好像是
说。又过了几个月，她要生小孩了。毛毛虫讨厌小孩，
倒倒脚那儿已经有三个呢，也都是他的"吃累"。他没
想到新太太也会生小孩。毛毛虫来了个满不理会。爱生
就生吧，眼不见心不烦，他假装没看见她的肚子。他不
是不大管这回事吗，倒倒脚太太也不怎么倒直在心。到
快生小孩那两天，她倒倒着脚来了。她服侍着新太太。
毛毛虫觉得是了味，新太太生孩子，旧太太来伺候，
这倒不错。赶到孩子落了草儿，旧太太可拿出真的来
了。她知道，此时下手才能打老实的。产后气郁，至少
是半死，她的报仇的机会到了。她安安顿顿的坐在产妇
面前，指着脸子骂，把新太太骂昏过去多少次，外带着
连点糖水儿也不给她喝。骂到第三天，她倒倒着脚走

了，把新太太交给了老天爷，爱活爱死随便，她不担气死新太太的名儿。新太太也不想活着，没让倒倒脚气死不是，她自己找死，没出满月她就胡吃海塞。这时候，毛毛虫觉得不大上算了，假如新太太死了，再娶一个又得多少钱，他给她请了大夫来。一来二去的，她好了。好了以后，她跟毛毛虫交涉，她不管这个孩子。毛毛虫没说什么，于是两人就谁也不管孩子。太太照常出去打牌，照常每月要四十块钱。毛毛虫要是不给呢，她有了新发明，会死半点钟。头生儿是这样，第二胎也是这样。就是这么一回事。我们听到了这儿，大家倒没了意见啦，因为怎么想怎么也不对了。说倒倒脚不对吧，不应下那个毒手，可是她自己守着活寡呢。说新太太不对吧，也不行，她有她的委屈。充其极也不过只能责备她不应当拿孩子杀气，可是再一想，她也有她的道理，凭什么毛毛虫一点子苦不受，而把苦楚都交给她呢？她既是买来的——每月四十块零花不过说着好听点罢了——为什么管照料孩子呢，毛毛虫既不给她添钱。说来说去，仿佛还是毛毛虫不对，可是细一给他想，他也是乐不抵苦哇。旧太太拿着他的钱恨他，新太太也拿着他的钱恨他，临完他还得拚着命挣钱。这么一想，我们大家都不敢再提这件事了，提起来心里就发乱。可是我们对那俩孩子改变了点态度，我们就看这俩小东西可怜——我们这条街上善心的人真是不少。近来每逢我们看见俩孩子在街上玩，就过去拍拍他们的脑瓜儿，有时候也给他们点吃食。对于那俩大人，我们有时候看见他们可怜，有时候可气。可是无论如何，我们在他俩身上找到一点以前所没看到的什么东西，一点像庄严的悲剧中所含着的味道。似乎他俩的事不完全在他们自己身上，而是一点什么时代的咒诅在他们身上应验了。所以近来每到月底，当她照例死半点钟的时候，去救护的人比以前更多了。谁知道他们将来怎样呢！

善 人

　　汪太太最不喜欢人叫她汪太太；她自称穆凤贞女士，也愿意别人这样叫她。她的丈夫很有钱，她老实不客气的花着；花完他的钱，而被人称穆女士，她就觉得自己是个独立的女子，并不专指着丈夫吃饭。

　　穆女士一天到晚不用提多么忙了，又搭着长的富泰，简直忙得喘不过气来。不用提别的，就光拿上下汽车说，穆女士——也就是穆女士！——一天得上下多少次。哪个集会没有她，哪件公益事情没有她？换个人，那么两条胖腿就够累个半死的。穆女士不怕，她的生命是献给社会的；那两条腿再胖上一圈，也得设法带到汽车里去。她永远心疼着自己，可是更爱别人，她是为救世而来的。

　　穆女士还没起床，丫环自由就进来回话。她嘱咐过自由们不止一次了：她没起来，不准进来回话。丫环就是丫环，叫她"自由"也没用，天生来的不知好歹。她真想抄起床旁的小桌灯向自由扔了去，可是觉得自由还不如桌灯值钱，所以没扔。

"自由，我嘱咐你多少回了！"穆女士看了看钟，已经快九点了，她消了点气，不为别的，是喜欢自己能一气睡到九点，身体定然是不错；她得为社会而心疼自己，她需要长时间的休息。

"不是，太太，女士！"自由想解释一下。

"说，有什么事！别磨磨蹭蹭的！"

"方先生要见女士。"

"哪个方先生？方先生可多了，你还会说话呀？！"

"老师方先生。"

"他又怎样了？"

"他说他的太太死了！"自由似乎很替方先生难过。

"不用说，又是要钱！"穆女士从枕头底下摸出小皮夹来："去，给他这二十，叫他快走；告诉明白，我在吃早饭以前不见人。"

自由拿着钱要走，又被主人叫住：

"叫博爱放好了洗澡水，回来你开这屋子的窗户。什么都得我现告诉，真劳人得慌！大少爷呢？"

"上学了，女士。"

"连个kiss都没给我，就走，好的。"穆女士连连的点头，腮上的胖肉直动。

"大少爷说了，下学吃午饭再给您一个kiss。"自由都懂得什么叫kiss，pie和bath。

"快去，别废话；这个劳人劲儿！"

自由轻快的走出去，穆女士想起来：方先生家里落了丧事，二少爷怎么办呢？无缘无故的死哪门子人，又叫少爷得荒废好几天的学！穆女士是极注意子女们的教育的。

博爱敲门："水好了，女士。"

穆女士穿着睡衣到浴室去。雪白的澡盆，放了多半盆不冷不热的清水。凸花的玻璃，白磁砖的墙，圈着一些热气与香水味。一面大镜子，几块大白毛巾；胰子盒，浴盐瓶，都擦得放着光。她觉得痛快了点。把白胖腿放在水里，她愣了一会儿；水给皮肤的那点刺激使她在舒适之中有点茫然。她想起点久已忘了的事。坐在盆中，她看着自己的白胖腿；腿在水中显着更胖，她心中也更渺茫。用一点水，她轻轻的洗脖子；洗了两把，又想起那久已忘了的事——自己的青春：二十年前，自己的身体是多么苗条，好看！她仿佛不认识了自己。想到丈夫，儿女，都显着不大清楚，他们似乎是些生人。她撩起许多水来，用力的洗，眼看着皮肤红起来。她痛快了些，不茫然了。她不只是太太，母亲；她是大家的母亲，一切女同胞的导师。她在外国读过书，知道世界大势，她的天职是在救世。

可是救世不容易！二年前，她想起来，她提倡沐浴，到处宣传："没有澡盆，不算家庭！"有什么结果？人类的愚蠢，把舌头说掉了，他们也不了解！摸着她的胖腿，她想应当灰心，任凭世界变成个狗窝，没澡盆，没卫生！可是她灰心不得，要牺牲就得牺牲到底。她喊自由：

"窗户开五分钟就得！"

"已经都关好了，女士！"自由回答。

穆女士回到卧室。五分钟的工夫屋内已然完全换了新鲜空气。她每天早上得作深呼吸。院内的空气太凉，屋里开了五分钟的窗子就满够她呼吸用的了。先弯下腰，她得意她的手还够得着脚尖，腿虽然弯着许多，可是到底手尖是碰了脚尖。俯仰了三次，她然后直立着喂了她的肺五六次。她马上觉出全身的血换了颜色，鲜红，和朝阳一样的热艳。

"自由，开饭！"

穆女士最恨一般人吃的太多，所以她的早饭很简单：一大盘火腿蛋，两块黄油面包，草果果酱，一杯加乳咖啡。她曾提倡过俭食：不要吃五六个窝头，或四大碗黑面条，而多吃牛乳与黄油。没人响应，好事是得不到响应的。她只好自己实行这个主张，自己单雇了个会作西餐的厨子。

吃着火腿蛋，她想起方先生来。方先生教二少爷读书，一月拿二十块钱，不算少。她就怕寒苦的人有多挣钱的机会；钱在她手里是钱，到了穷人手里是祸。她不是不能多给方先生几块，而是不肯，一来为怕自己落个冤大头的名儿，二来怕给方先生惹祸。连这么着，刚教了几个月的书，还把太太死了呢。不过，方先生到底是可怜的。她得设法安慰方先生：

"自由，叫厨子把'我'的鸡蛋给方先生送十个去；嘱咐方先生不要煮老了，嫩着吃！"

穆女士咂摸着咖啡的回味，想象着方先生吃过嫩鸡蛋必能健康起来，足以抵抗得住丧妻的悲苦。继而一想呢，方先生既丧了妻，没人给他作饭吃，以后顶好是由她供给他两顿饭。她总是给别人想得这样周到；不由她，惯了。供给他两顿饭呢，可就得少给他几块钱。他少得几块钱，可是吃得舒服呢。方先生应当感谢她这份体谅与怜爱。她永远体谅人怜爱人，可是谁体谅她怜爱她呢？想到这儿，她觉得生命无非是个空虚的东西；她不能再和谁恋爱，不能再把青春唤回来；她只能去为别人服务，可是谁感激她，同情她呢？

她不敢再想这可怕的事，这足以使她发狂。她到书房去看这一天的工作；工作，只有工作使她充实，使她疲乏，使她睡得香甜，使她觉到快活与自己的价值。

她的秘书冯女士已经在书房里等了一点多钟了。冯女士才二十三岁，长得不算难看，一月挣十二块钱。穆女士给她的名义是秘书，按说有这么个名义，不给钱也满下得去。穆女士的交际是多么广，作她的秘书当然能有机会遇上个阔人；假如嫁个阔人，一辈子有吃有喝，岂不比现在挣五六十块钱强？穆女士为别人打算老是这么周到，而且眼光很远。

见了冯女士，穆女士叹了口气："哎！今儿个有什么事？说吧！"她倒在个大椅子上。

冯女士把记事簿早已预备好了："今儿个早上是，穆女士，盲哑学校展览会，十时二十分开会；十一点十分，妇女协会，您主席；十二点，张家婚礼；下午……"

"先等等，"穆女士又叹了口气，"张家的贺礼送过去没有？"

"已经送过去了，一对鲜花篮，二十八块钱，很体面。"

"啊，二十八块的礼物不太薄——"

"上次汪先生作寿，张家送的是一端寿幛，并不——"

"现在不同了，张先生的地位比原先高了；算了吧，以后再找补吧。下午一共有几件事？"

"五个会呢！"

"哼！甭告诉我，我记不住。等我由张家回来再说吧。"穆女士点了根烟吸着，还想着张家的贺礼似乎太薄了些。"冯女士，你记下来，下星期五或星期六请张家新夫妇吃饭，到星期三你再提醒我一声。"

冯女士很快的记下来。

"别忘了问我张家摆的什么酒席，别忘了。"

"是，穆女士。"

穆女士不想上盲哑学校去，可是又怕展览会照像，像片上没有自己，怪不合适。她决定晚去一会儿，顶好是正赶上照像才好。这么决定了，她很想和冯女士再说几句，倒不是因为冯女士有什么可爱的地方，而是她自己觉得空虚，愿意说点什么，解解闷儿。她想起方先生来：

"冯，方先生的妻子过去了，我给他送了二十块钱去，和十个鸡子，怪可怜的方先生！"穆女士的眼圈真的有点发湿了。

冯女士早知道方先生是自己来见汪太太，她不见，而给了二十块钱。可是她晓得主人的脾气："方先生真可怜！可也是遇见女士这样的人，赶着给他送了钱去！"

穆女士脸上有点笑意："我永远这样待人；连这么着还讨不出好儿来，人世是无情的！"

"谁不知道女士的慈善与热心呢！"

"哎！也许！"穆女士脸上的笑意扩展得更宽了些。

"二少爷的书又得荒废几天！"冯女士很关心似的。

"可不是，老不叫我心静一会儿！"

"要不我先好歹的教着他？我可是不很行呀！"

"你怎么不行！我还真忘了这个办法呢！你先教着他得了，我白不了你！"

"您别又给我报酬，反正就是几天的事，方先生事完了还叫方先生教。"

穆女士想了会儿："冯，简直这么办好不好？你就教下去，我每月一共给你二十五块钱，岂不整重？"

"就是有点对不起方先生！"

"那没什么，反正他丧了妻，家中的嚼谷小了；遇机会我再给他弄个十头八块的事；那没什么！我可该走了，哎！一天一天的，真累死人！"

邻居们

明太太的心眼很多。她给明先生已生了儿养了女，她也烫着头发，虽然已经快四十岁；可是她究竟得一天到晚悬着心。她知道自己有个大缺点，不认识字。为补救这个缺欠，她得使碎了心；对于儿女，对于丈夫，她无微不至的看护着。对于儿女，她放纵着，不敢责罚管教他们。她知道自己的地位还不如儿女高，在她的丈夫眼前，他不敢对他们发威。她是他们的妈妈，只因为他们有那个爸爸。她不能不多留个心眼，她的丈夫是一切，她不能打骂丈夫的儿女。她晓得丈夫要是恼了，满可以用最难堪的手段待她；明先生可以随便再娶一个，她一点办法也没有。

她爱疑心，对于凡是有字的东西，她都不放心。字里藏着一些她猜不透的秘密。因此，她恨那些识字的太太们，小姐们。可是，回过头来一想，她的丈夫，她的儿女，并不比那些读书识字的太太们更坏，她又不能不承认自己的聪明，自己的造化，与自己的身分。她不许别人说她的儿女不好，或爱淘气。儿女不好便是间接的说妈妈不好，她不能受这个。她一切听从丈夫，其次就是听从儿女；此外，她比一切人都高明。对邻居，对仆人，她时时刻刻想表示出她的尊严。孩子们和别家的儿女打架，她是可以破出命的加入战争；叫别人知道她的厉害，她是明太太，她的霸道是反射出丈夫的威严，像月亮那样的使人想起太阳的光荣。

她恨仆人们，因为他们看不起她。他们并非不口口声声的叫她明太太，而是他们有时候露出那么点神气来，使她觉得他们心里是说："脱了你那件袍子，咱们都是一样；也许你更胡涂。"越是在明太太详密的计画好了事情的时候，他们越爱露这种神气。这使她恨不能吃了他们。她常辞退仆人，她只能这么吐一口恶气。

明先生对太太是专制的，可是对她放纵儿女，和邻居吵闹，辞退仆人这些事，他给她一些自由。他以为在这些方面，太太是为明家露脸。他是个勤恳而自傲的人。在心里，他真看不起太太，可是不许别人轻看她；她无论怎样，到底是他的夫人。他不能再娶，因为他是在个笃信宗教而很发财的外国人手下作事；离婚或再娶都足以打破他的饭碗。既得将就着这位夫人，他就不许有人轻看她。他可以打她，别人可不许斜看她一眼。他既不能真爱她，所以不能不溺爱他的儿女。他的什么都得高过别人，自己的儿女就更无须乎说了。

明先生的头抬得很高。他对得起夫人，疼爱儿女，有赚钱的职业，没一点嗜好，他看自己好像看一位圣人那样可钦仰。他求不着别人，所以用不着客气。白天他去工作，晚上回家和儿女们玩耍；他永远不看书，因为书籍不能供给他什么，他已经知道了一切。看见邻居要向他点头，他转过脸去。他没有国家，没有社会。可是他有个理想，就是他怎样多积蓄一些钱，使自己安稳独立像座小山似的。

可是，他究竟还有点不满意。他嘱告自己应当满意，但在生命里好像有些不受自己支配管辖的东西。这点东西不能被别的物件代替了。他清清楚楚的看见自己身里有个黑点，像水晶里包着的一个小物件。除了这个黑点，他自信，并且自傲，他是遍体透明，无可指摘的。可是他没法去掉它，它长在他的心里。

他知道太太晓得这个黑点。明太太所以爱多心，也正因为这个黑点。她设尽方法，想把它除掉，可是她知道它越长越大。她会从丈夫的笑容与眼神里看出这黑点的大小，她可不敢动手去摸，那是太阳的黑点，不定多么热呢。那些热力终久会叫别人承受，她怕，她得想方法。

明先生的小孩偷了邻居的葡萄。界墙很矮，孩子们不断的过去偷花草。邻居是对姓杨的小夫妇，向来也没说过什么，虽然他们很爱花草。明先生和明太太都不奖励孩子去偷东西，可是既然偷了来，也不便再说他们不对。况且花草又不同别的东西，摘下几朵并没什么了不得。在他们夫妇想，假如孩子们偷几朵花，而邻居找上门来不答应，那简直是不知好歹。杨氏夫妇没有找来，明太太更进一步的想，这必是杨家怕姓明的，所以不敢找来。明先生是早就知道杨家怕他。并非杨家小两口怎样明白的表示了惧意，而是明先生以为人人应当怕他，他是永远抬着头走路的人。还有呢，杨家夫妇都是教书的，明先生看不起这路人。他总以为教书的人是穷酸，没出息的。尤其叫他恨恶杨先生的是杨太太很好看。他看不起教书的，可是女教书的——设若长得够样儿——多少得另眼看待一点。杨穷酸居然有这够样的太太，比起他自己的要好上十几倍，他不能不恨。反过来一想，挺俊俏的女人而嫁个教书的，或者是缺个心眼，所以他本不打算恨杨太太，可是不能不恨。明太太也看出这么一点来——丈夫的眼睛时常往矮墙那边溜。因此，孩子们偷杨家老婆的花与葡萄是对的，是对杨老婆的一种惩罚。她早算计好了，自要那个老婆敢出一声，她预备着厉害的呢。

杨先生是最新式的中国人，处处要用礼貌表示出自己所受过的教育。对于明家孩子偷花草，他始终不愿说什么，他似乎想到明家夫妇要是受过教育的，自然会自动的过来道歉。强迫人家来道歉未免太使人难堪。可是明家始终没自动的过来道歉。杨先生还不敢动气，明家可以无礼，杨先生是要保持住自己的尊严的。及至孩子们偷去葡萄，杨先生却有点受不住了，倒不为那点东西，而是可惜自己花费的那些工夫；种了三年，这是第一次结果；只结了三四小团儿，都被孩子们摘了走。杨太太决定找明太太去报告。可是杨先生，虽然很愿意太太去，却拦住了她。他的讲礼貌与教师的身分胜过了怒气。杨太太不以为然，这是该当去的，而且是抱着客客气气的态度去，并且不想吵嘴打架。杨先生怕太太想他太软弱了，不便于坚决的拦阻。于是明太太与杨太太见了面。

杨太太很客气："明太太吧？我姓杨。"

明太太准知道杨太太是干什么来的，而且从心里头厌恶她："啊，我早知道。"

杨太太所受的教育使她红了脸，而想不出再说什么。可是她必须说点什么。"没什么，小孩们，没多大关系，拿了点葡萄。"

"是吗？"明太太的音调是音乐的："小孩们都爱葡萄，好玩。我并不许他们吃，拿着玩。"

"我们的葡萄，"杨太太的脸渐渐白起来，"不容易，三年才结果！"

"我说的也是你们的葡萄呀，酸的；我只许他们拿着玩。你们的葡萄泄气，才结那么一点！"

"小孩呀，"杨太太想起教育的理论，"都淘气。不过，杨先生和我都爱花草。"

"明先生和我也爱花草。"

"假如你们的花草被别人家的孩子偷去呢？"

"谁敢呢？"

"你们的孩子偷了别人家的呢？"

"偷了你们的，是不是？你们顶好搬家呀，别在这儿住哇。我们的孩子就是爱拿葡萄玩。"

杨太太没法再说什么了，嘴唇哆嗦着回了家。见了丈夫，她几乎要哭。

杨先生劝了她半天。虽然他觉得明太太不对，可是他不想有什么动作，他觉得明太太野蛮；跟个野蛮人打吵子是有失身分的。但是杨太太不答应，他必得给她去报仇。他想了半天，想起来明先生是不能也这样野蛮的，跟明先生交涉好了。可是还不便于当面交涉，写封信吧，客客气气的写封信，并不提明太太与妻子那一场，也不提明家孩子的淘气，只求明先生嘱咐孩子们不要再来糟蹋花草。这像个受过教育的人，他觉得。他也想到什么，近邻之谊……无任感激……至为欣幸……等等好听的词句。还想象到明先生见了信，受了感动，亲自来道歉……他很满意的写成了一封并不十分短的信，叫老妈子送过去。

明太太把邻居窝回去，非常的得意。她久想窝个像杨太太那样的女人，而杨太太给了她这机会。她想象着杨太太回家去应当怎样对丈夫讲说，而后杨氏夫妇怎样一齐的醒悟过来他们的错误——即使孩子偷葡萄是不对的，可是也得看谁家的孩子呀。明家孩子偷葡萄是不应当抱怨的。这样，杨家夫妇便完全怕了明家；明太太不能不高兴。

杨家的女仆送来了信。明太太的心眼是多的。不用说，这是杨老婆写给明先生的，把她"刷"了下来。她恨杨老婆，恨字，更恨会写字的杨老婆。她决定不收那封信。

杨家的女仆把信拿了走，明太太还不放心，万一等先生回来而他们再把这信送回来呢！虽然她明知道丈夫是爱孩子的，可是那封信是杨老婆写来的；丈夫也许看在杨老婆的面上而跟自己闹一场，甚至于挨顿揍也是可能的。丈夫设若揍她一顿给杨老婆听，那可不好消化！为别的事挨揍还可以，为杨老婆……她得预备好了，等丈夫回来，先垫下底儿——说杨家为点酸葡萄而来闹了一大阵，还说要给他写信要求道歉。丈夫听了这个，必定也可以不收杨老婆的信，而胜利完全是她自己的。

她等着明先生，编好了所要说的话语，设法把丈夫常爱用的字眼都加进去。明先生回来了。明太太的话很有力量的打动了他爱子女的热情。他是可以原谅杨太太的，假若她没说孩子们不好。他既然是看不起他的孩子，便没有可原谅的了，而且勾上他的厌恶来——她嫁给那么个穷教书的，一定不是什么好东西。赶到明太太报告杨家要来信要求道歉，他更从心里觉得讨厌了；他讨厌这种没事儿就动笔的穷酸们。在洋人手下作事，他晓得签字与用打字机打的契约是有用的；他想不到穷教书的人们写信有什么用。是的，杨家再把信送来，他决定不收。他心中那个黑点使他希望看看杨太太的字迹；字是讨厌的，可是看谁写的。明太太早防备到这里，她说那封信是杨先生写的。明先生没那么大工夫去看杨先生的臭信。他相信中国顶大的官儿写的信，也不如洋人签个字有用。

明太太派孩子到门口去等着，杨家送信来不收。她自己也没闲着，时时向杨家那边望一望。她得意自己的成功，没话找话，甚至于向丈夫建议，把杨家住的房买过来。明先生虽然知道手中没有买房的富余，可是答应着，因为这个建议听着有劲，过瘾，无论那所房是杨家的，还是杨家租住的，明家要买，它就得出卖，没有问题。明先生爱听孩子们说"赶明儿咱们买那个"。"买"是最大胜利。他想买房，买地，买汽车，买金物件……每一想到买，他便觉到自己的伟大。

杨先生不主张再把那封信送回去，虽然他以为明家不收他的信是故意污辱他。他甚至于想到和明先生在街上打一通儿架，可是只能这么想想，他的身分不允许他动野蛮的。他只能告诉太太，明家都是混蛋，不便和混蛋们开仗；这给他一些安慰。杨太太虽然不出气，可也想不起好方法；她开始觉得作个文明人是吃亏的事，而对丈夫发了许多悲观的议论，这些议论使他消了不少的气。

夫妇们正这样碎叨唠着出气，老妈子拿进一封信来。杨先生接过一看，门牌写对了，可是给明先生的。他忽然想到扣下这封信，可是马上觉得那不是好人应干的事。他告诉老妈子把信送到邻家去。

明太太早在那儿埋伏着呢。看见老妈子往这边来了，唯恐孩子们还不可靠，她自己出了马。"拿回去吧，我们不看这个！"

"给明先生的！"老妈子说。

"是呀，我们先生没那么大工夫看你们的信！"明太太非常的坚决。

"是送错了的，不是我们的！"老妈子把信递过去。

"送错了的？"明太太翻了翻眼，马上有了主意："叫你们先生给收着吧。当是我看不出来呢，不用打算诈我！"啪的一声，门关上了。

老妈子把信拿回来，杨先生倒为了难：他不愿亲自再去送一趟，也不肯打开看看；同时，他觉得明先生也是个混蛋——他知道明先生已经回来了，而是与明太太站在一条战线上。怎么处置这封信呢？私藏别人的信件是不光明的。想来想去，他决定给外加一个信封，改上门牌号数，第二天早上扔在邮筒里；他还得赔上二分邮票，他倒笑了。

第二天早晨，夫妇忙着去上学，忘了那封信。已经到了学校，杨先生才想起来，可是不能再回家去取。好在呢，他想，那只是一封平信，大概没有什么重要的事，迟发一天也没多大关系。

下学回来，懒得出去，把那封信可是放在书籍一块，预备第二天早上必能发出去。这样安排好，刚要吃饭，他听见明家闹起来了。明先生是高傲的人，不愿意高声的打太太，可是被打的明太太并不这样讲体面，她一劲儿的哭喊，孩子们也没敢闲着。杨先生听着，听不出怎回事来，可是忽然想起那封信，也许那是封重要的信。因为没得到这封信，而明先生误了事，所以回家打太太。这么一想，他非常的不安。他想打开信看看，又没那个勇气。不看，又怪憋闷得慌，他连晚饭也没吃好。

饭后，杨家的老妈子遇见了明家的老妈子。主人们结仇并不碍于仆人们交往。明家的老妈子走漏了消息：明先生打太太是为一封信，要紧的信。杨家的老妈回家来报告，杨先生连觉也睡不安了。所谓一封信者，他想必定就是他所存着的那一封信了。可是，既是要紧的信，为什么不挂号，而且马马虎虎写错了门牌呢？他想了半天，只能想到商人们对于文字的事是粗心的。这大概可以说明他为什么写错了门牌。又搭上明先生平日没有什么来往的信，所以邮差按着门牌送，而没注意姓名，甚至或者不记得有个明家。这样一想，使他觉出自己的优越，明先生只是个会抓几个钱的混蛋。明先生既是混蛋，杨先生很可以打开那封信看看了。私看别人的信是有罪的，可是明先生还会懂得这个？不过，万一明先生来索要呢？不妥。他把那封信拿起好几次，到底不敢拆开。同时，他也不想再寄给明先生了。既是要紧的信，在自己手中拿着是有用的。这不光明正大，但是谁叫明先生是混蛋呢，谁教他故意和杨家捣乱呢？混蛋应受惩罚。他想起那些葡萄来。他想着想着可就又变了主意，他第二天早晨还是把那封送错的信发出去。而且把自己寄的那封劝告明家管束孩子的信也发了；到底叫明混蛋看看读书的人是怎样的客气与和蔼；他不希望明先生悔过，只教他明白过来教书的人是君子就够了。

明先生命令着太太去索要那封信。他已经知道了信的内容，因为已经见着了写信的人。事情已经有了预备，可是那封信不应当存在杨小子手里。事情是这样：他和一个朋友借着外国人的光儿私运了一些货物，被那个笃信宗教而很发财的洋人晓得了；那封信是朋友的警告，叫他设法别招翻了洋人。明先生不怕杨家发表了那封信，他心中没有中国政府，也没看起中国的法律；私运货物即使被中国人知道了也没多大关系。他怕杨家把那封信寄给洋人，证明他私运货物。他想杨先生必是这种鬼鬼祟祟的人，必定偷看了他的信，而去弄坏他的事。他不能自己去讨要，假若和杨小子见着面，那必定得打起来，他从心里讨厌杨先生这种人。他老觉得姓杨的该挨顿揍。他派太太去要，因为太太不收那封信才惹起这一套，他得惩罚她。

明太太不肯去，这太难堪了。她愣愿意再挨丈夫一顿打也不肯到杨家去丢脸。她耗着，把丈夫耗走，又偷偷的看看杨家夫妇也上了学，她才打发老妈子向杨家的老妈子去说。

杨先生很得意的把两封信一齐发了。他想象着明先生看看那封客气的信必定悔悟过来，而佩服杨先生的人格与手笔。

明先生被洋人传了去，受了一顿审问。幸而他已经见着写错了门牌的那位朋友，心中有个底儿，没被洋人问秃露了。可是他还不放心那封信。最难堪的是那封信偏偏落在杨穷酸手里！他得想法子惩治姓杨的。

回到了家，明先生第一句话是问太太把那封信要回来没有。明太太的心眼是多的，告诉丈夫杨家不给那封信，这样她把错儿都从自己的肩膀上推下去，明先生的气不打一处而来，就凭个穷酸教书的敢跟明先生斗气。哼！他发了命令，叫孩子们跳过墙去，先把杨家的花草都踩坏，然后再说别的。孩子们高了兴，把能踩坏的花草一点也没留下。

孩子们远征回来，邮差送到下午四点多钟那拨儿信。明先生看完了两封信，心中说不出是难受还是痛快。那封写错了门牌的信使他痛快，因为他看明白了，杨先生确是没有拆开看；杨先生那封信使他难过，使他更讨厌那个穷酸，他觉得只有穷酸才能那样客气，客气得讨厌。冲这份讨厌也该把他的花草都踏平了。

　　杨先生在路上，心中满痛快：既然把那封信送回了原主，而且客气的劝告了邻居，这必能感动了明先生。

　　一进家门，他愣了，院中的花草好似垃圾箱忽然疯了，一院子满是破烂儿。他知道这是谁作的。可是怎办呢？他想要冷静的找主意，受过教育的人是不能凭着冲动作事的。但是他不能冷静，他的那点野蛮的血沸腾起来，他不能思索了。扯下了衣服，他捡起两三块半大的砖头，隔着墙向明家的窗子扔了去。哗啦哗啦的声音使他感到已经是惹下祸，可是心中痛快，他继续着扔；听着玻璃的碎裂。他心里痛快，他什么也不计较了，只觉得这么作痛快，舒服，光荣。他似乎忽然由文明人变成野蛮人，觉出自己的力量与胆气，像赤裸裸的洗澡时那样舒服，无拘无束的领略着一点新的生活味道。他觉得年轻，热烈，自由，勇敢。

　　把玻璃打的差不多了，他进屋去休息。他等着明先生来找他打架，他不怕，他狂吸着烟卷，仿佛打完一个胜仗的兵士似的。等了许久，明先生那边一点动静没有。

　　明先生不想过来，因为他觉得杨先生不那么讨厌了。看着破碎玻璃，他虽不高兴，可也不十分不舒服。他开始想到有嘱告孩子们不要再去偷花的必要，以前他无论怎样也想不到这里；那些碎玻璃使他想到了这个。想到了这个，他也想起杨太太来。想到她，他不能不恨杨先生；可是恨与讨厌，他现在觉出来，是不十分相同的。"恨"有那么一点佩服的气味在里头。

第二天是星期日，杨先生在院中收拾花草，明先生在屋里修补窗户。世界上仿佛很平安，人类似乎有了相互的了解。

月牙儿

一

是的，我又看见月牙儿了，带着点寒气的一钩儿浅金。多少次了，我看见跟现在这个月牙儿一样的月牙儿；多少次了。它带着种种不同的感情，种种不同的景物，当我坐定了看它，它一次一次的在我记忆中的碧云上斜挂着。它唤醒了我的记忆，像一阵晚风吹破一朵欲睡的花。

二

那第一次，带着寒气的月牙儿确是带着寒气。它第一次在我的云中是酸苦，它那一点点微弱的浅金光儿照着我的泪。那时候我也不过是七岁吧，一个穿着短红棉袄的小姑娘。戴着妈妈给我缝的一顶小帽儿，蓝布的，上面印着小小的花，我记得。我倚着那间小屋的门垛，看着月牙儿。屋里是药味，烟味，妈妈的眼泪，爸爸的病；我独自在台阶上看着月牙，没人招呼我，没人顾得给我作晚饭。我晓得屋里的惨凄，因为大家说爸爸的病……可是我更感觉自己的悲惨，我冷，饿，没人理我。一直的我立到月牙儿落下去。什么也没有了，我不能不哭。可是我的哭声被妈妈的压下去；爸，不出声了，面上蒙了块白布。我要掀开白布，再看看爸，可是我不敢。屋里只是那么点点地方，都被爸占了去。妈妈穿上白衣，我的红袄上也罩了个没缝襟边的白袍，我记得，因为不断的撕扯襟边上的白丝儿。大家都很忙，嚷嚷的声儿很高，哭得很恸，可是事情并不多，也似乎值不得嚷：爸爸就装入那么一个四块薄板的棺材里，到处都是缝子。然后，五六个人把他抬了走。妈和我在后边哭。我记得爸，记得爸的木匣。那个木匣结束了爸的一切：每逢我想起爸来，我就想到非打开那个木匣不能见着他。但是，那木匣是深深的埋在地里，我明知在城外哪个地方埋着它，可又像落在地上的一个雨点，似乎永难找到。

三

　　妈和我还穿着白袍，我又看见了月牙儿。那是个冷天，妈妈带我出城去看爸的坟。妈拿着很薄很薄的一摞儿纸。妈那天对我特别的好，我走不动便背我一程，到城门上还给我买了一些炒栗子。什么都是凉的，只有这些栗子是热的；我舍不得吃，用它们热我的手。走了多远，我记不清了，总该是很远很远吧。在爸出殡的那天，我似乎没觉得这么远，或者是因为那天人多；这次只是我们娘儿俩，妈不说话，我也懒得出声，什么都是静寂的；那些黄土路静寂得没有头儿。天是短的，我记得那个坟：小小的一堆儿土，远处有一些高土岗儿，太阳在黄土岗儿上头斜着。妈妈似乎顾不得我了，把我放在一旁，抱着坟头儿去哭。我坐在坟头的旁边，弄着手里那几个栗子。妈哭了一阵，把那点纸焚化了，一些纸灰在我眼前卷成一两个旋儿，而后懒懒的落在地上；风很小，可是很够冷的。妈妈又哭起来。我也想爸，可是我不想哭他；我倒是为妈妈哭得可怜而也落了泪。过去拉住妈妈的手："妈不哭！不哭！"妈妈哭得更恸了。

她把我搂在怀里。眼看太阳就落下去，四外没有一个人，只有我们娘儿俩。妈似乎也有点怕了，含着泪，扯起我就走，走出老远，她回头看了看，我也转过身去：爸的坟已经辨不清了；土岗的这边都是坟头，一小堆一小堆，一直摆到土岗底下。妈妈叹了口气。我们紧走慢走，还没有走到城门，我看见了月牙儿。四外漆黑，没有声音，只有月牙儿放出一道儿冷光。我乏了，妈妈抱起我来。怎样进的城，我就不知道了，只记得迷迷糊糊的天上有个月牙儿。

四

刚八岁，我已经学会了去当东西。我知道，若是当不来钱，我们娘儿俩就不要吃晚饭；因为妈妈但分有点主意，也不肯叫我去。我准知道她每逢交给我个小包，锅里必是连一点粥底儿也看不见了。我们的锅有时干净得像个体面的寡妇。这一天，我拿的是一面镜子。只有这件东西似乎是不必要的，虽然妈妈天天得用它。这是个春天，我们的棉衣都刚脱下来就入了当铺。我拿着这面镜子，我知道怎样小心，小心而且要走得快，当铺是老早就上门的。我怕当铺的那个大红门，那个大高长柜台。一看见那个门，我就心跳。可是我必须进去，几乎是爬进去，那个高门坎儿是那么高。我得用尽了力量，递上我的东西，还得喊："当当！"得了钱和当票，我知道怎样小心的拿着，快快回家，晓得妈妈不放心。可是这一次，当铺不要这面镜子，告诉我再添一号来。我懂得什么叫"一号"。把镜子搂在胸前，我拚命的往家跑。妈妈哭了，她找不到第二件东西。我在那间小屋住惯了，总以为东西不少；及至帮着妈妈一找可当的衣物，我的小心里才明白过来，我们的东西很少，很少。妈妈不叫我去了。可是"妈妈咱们吃什么呢"？妈妈哭着递给我她头上的银簪——只有这一件东西是银的。我知道，她拔下过来几回，都没肯交给我去当。这是妈妈出门子时，姥姥家给的一件首饰。现在，她把这末一件银器给了我，叫我把镜子放下。我尽了我的力量赶回当铺，那可怕的大门已经严严的关好了。我坐在那门墩上，握着那根银簪。不敢高声的哭，我看着天，啊，又是月牙儿照着我的眼泪！哭了好久，妈妈在黑影中来了，她拉住了我的手，呕，多么热的手。我忘了一切的苦处，连饿也忘了，只要有妈妈这只热手拉着我就好。我抽抽搭搭的说："妈！咱们回家睡觉吧。明儿早上再

来！"妈一声没出。又走了一会儿："妈！你看这个月
牙；爸死的那天，它就是这么斜斜着。为什么它老这么
斜斜着呢？"妈还是一声没出，她的手有点颤。

五

妈妈整天的给人家洗衣裳。我老想帮助妈妈，可
是插不上手。我只好等着妈妈，非到她完了事，我不去
睡。有时月牙儿已经上来，她还哼哧哼哧的洗。那些臭
袜子，硬牛皮似的，都是买卖地的伙计们送来的。妈妈
洗完这些"牛皮"就吃不下饭去。我坐在她旁边，看着
月牙，蝙蝠专会在那条光儿底下穿过来穿过去，像银线
上穿着个大菱角，极快的又掉到暗处去。我越可怜妈
妈，便越爱这个月牙，因为看着它，使我心中痛快一
点。它在夏天更可爱，它老有那么点凉气，像一条冰似
的。我爱它给地上的那点小影子，一会儿就没了；迷迷
糊糊的不甚清楚，及至影子没了，地上就特别的黑，星
也特别的亮，花也特别的香——我们的邻居有许多花
木，那棵高高的洋槐总把花儿落到我们这边来，像一层
雪似的。

六

妈妈的手起了层鳞，叫她给搓搓背顶解痒痒了。可是我不敢常劳动她，她的手是洗粗了的。她瘦，被臭袜子熏的常不吃饭。我知道妈妈要想主意了，我知道。她常把衣裳推到一边，愣着。她和自己说话。她想什么主意呢？我可是猜不着。

七

妈妈嘱咐我不叫我别扭，要乖乖的叫"爸"：她又给我找到一个爸。这是另一个爸，我知道，因为坟里已经埋好一个爸了。妈嘱咐我的时候，眼睛看着别处。她含着泪说："不能叫你饿死！"呕，是因为不饿死我，妈才另给我找了个爸！我不明白多少事，我有点怕，又有点希望——果然不再挨饿的话。多么凑巧呢，离开我们那间小屋的时候，天上又挂着月牙。这次的月牙比哪一回都清楚，都可怕；我是要离开这住惯了的小屋了。妈坐了一乘红轿，前面还有几个鼓手，吹打得一点也不好听。轿在前边走，我和一个男人在后边跟着，他拉着我的手。那可怕的月牙放着一点光，仿佛在凉风里颤动。街上没有什么人，只有些野狗追着鼓手们咬；轿子走得很快。上哪去呢？是不是把妈抬到城外去，抬到坟地去？那个男人扯着我走，我喘不过气来，要哭都哭不出来。那男人的手心出了汗，凉得像个鱼似的，我要喊"妈"，可是不敢。一会儿，月牙像个要闭上的一道大眼缝，轿子进了个小巷。

八

我在三四年里似乎没再看见月牙。新爸对我们很好，他有两间屋子，他和妈住在里间，我在外间睡铺板。我起初还想跟妈妈睡，可是几天之后，我反倒爱"我的"小屋了。屋里有白白的墙，还有条长桌，一把椅子。这似乎都是我的。我的被子也比从前的厚实暖和了。妈妈也渐渐胖了点，脸上有了红色，手上的那层鳞也慢慢掉净。我好久没去当当了。新爸叫我去上学。有时候他还跟我玩一会儿。我不知道为什么不爱叫他"爸"，虽然我知道他很可爱。他似乎也知道这个，他常常对我那么一笑；笑的时候他有很好看的眼睛。可是妈妈偷告诉我叫爸，我也不愿十分的别扭。我心中明白，妈和我现在是有吃有喝的，都因为有这个爸，我明白。是的，在这三四年里我想不起曾经看见过月牙儿；也许是看见过而不大记得了。爸死时那个月牙，妈轿子前面那个月牙，我永远忘不了。那一点点光，那一点寒气，老在我心中，比什么都亮，都清凉，像块玉似的，有时候想起来仿佛能用手摸到似的。

九

我很爱上学。我老觉得学校里有不少的花，其实并没有；只是一想起学校就想到花罢了，正像一想起爸的坟就想起城外的月牙儿——在野外的小风里歪歪着。妈妈是很爱花的，虽然买不起，可是有人送给她一朵，她就顶喜欢的戴在头上。我有机会便给她折一两朵来；戴上朵鲜花，妈的后影还很年轻似的。妈喜欢，我也喜欢。在学校里我也很喜欢。也许因为这个，我想起学校便想起花来？

十

当我要在小学毕业那年，妈又叫我去当当了。我不知道为什么新爸忽然走了。他上了哪儿，妈似乎也不晓

得。妈妈还叫我上学，她想爸不久就会回来的。他许多
日子没回来，连封信也没有。我想妈又该洗臭袜子了，
这使我极难受。可是妈妈并没这么打算。她还打扮着，
还爱戴花；奇怪！她不落泪，反倒好笑；为什么呢？我
不明白！好几次，我下学来，看她在门口儿立着。又隔
了不久，我在路上走，有人"嗨"我了："嗨！给你妈
捎个信儿去！""嗨！你卖不卖呀？小嫩的！"我的脸
红得冒出火来，把头低得无可再低。我明白，只是没办
法。我不能问妈妈，不能。她对我很好，而且有时候极
庄重的说我："念书！念书！"妈是不识字的，为什么
这样催我念书呢？我疑心，又常由疑心而想到妈是为我
才作那样的事。妈是没有更好的办法。疑心的时候，我
恨不能骂妈妈一顿。再一想，我要抱住她，央告她不要
再作那个事。我恨自己不能帮助妈妈。所以我也想到：
我在小学毕业后又有什么用呢？我和同学们打听过了，
有的告诉我，去年毕业的有好几个作姨太太的。有的告
诉我，谁当了暗门子。我不大懂这些事，可是由她们的
说法，我猜到这不是好事。她们似乎什么都知道，也爱
偷偷的谈论她们明知是不正当的事——这些事叫她们的
脸红红的而显出得意。我更疑心妈妈了，是不是等我毕

业好去作……这么一想，有时候我不敢回家，我怕见妈
妈。妈妈有时候给我点心钱，我不肯花，饿着肚子去上
体操，常常要晕过去。看着别人吃点心，多么香甜呢！
可是我得省着钱，万一妈妈叫我去……我可以跑，假如
我手中有钱。我最阔的时候，手中有一毛多钱！在这些
时候，即使在白天，我也有时望一望天上，找我的月牙
儿呢。我心中的苦处假若可以用个形状比喻起来，必是
个月牙儿形的。它无倚无靠的在灰蓝的天上挂着，光儿
微弱，不大会儿便被黑暗包住。

<h2 style="text-align:center">十一</h2>

叫我最难过的是我慢慢的学会了恨妈妈。可是每当
我恨她的时候，我不知不觉的便想起她背着我上坟的光
景。想到了这个，我不能恨她了。我又非恨她不可。我
的心像——还是像那个月牙儿，只能亮那么一会儿，而
黑暗是无限的。妈妈的屋里常有男人来了，她不再躲避
着我。他们的眼像狗似的看着我，舌头吐着，垂着涎。
我在他们的眼中是更解馋的，我看出来。在很短的期
间，我忽然明白了许多的事。我知道我得保护自己，我
觉出我身上好像有什么可贵的地方，我闻得出我已有一

种什么味道，使我自己害羞，多感。我身上有了些力量，可以保护自己，也可以毁了自己。我有时很硬气，有时候很软。我不知怎样好。我愿爱妈妈，这时候我有好些必要问妈妈的事，需要妈妈的安慰；可是正在这个时候，我得躲着她，我得恨她；要不然我自己便不存在了。当我睡不着的时节，我很冷静的思索，妈妈是可原谅的。她得顾我们俩的嘴。可是这个又使我要拒绝再吃她给我的饭菜。我的心就这么忽冷忽热，像冬天的风，休息一会儿，刮得更要猛；我静候着我的怒气冲来，没法儿止住。

<h2 style="text-align:center">十二</h2>

事情不容我想好方法就变得更坏了。妈妈问我："怎样？"假若我真爱她呢，妈妈说，我应该帮助她。不然呢，她不能再管我了。这不像妈妈能说得出的话，但是她确是这么说了。她说得很清楚："我已经快老了，再过二年，想白叫人要也没人要了！"这是对的，妈妈近来擦许多的粉，脸上还露出褶子来。她要再走一步，去专伺候一个男人。她的精神来不及伺候许多男人了。为她自己想，这时候能有人要她——是个馒头铺掌柜的愿要她——她该马上就走。可是我已经是个大姑娘了，不像小时候

那样容易跟在妈妈轿后走过去了。我得打主意安置自己。假若我愿意"帮助"妈妈呢，她可以不再走这一步，而由我代替她挣钱。代她挣钱，我真愿意；可是那个挣钱方法叫我哆嗦。我知道什么呢，叫我像个半老的妇人那样去挣钱？！妈妈的心是狠的，可是钱更狠。妈妈不逼着我走哪条路，她叫我自己挑选——帮助她，或是我们娘儿俩各走各的。妈妈的眼没有泪，早就干了。我怎么办呢？

十三

我对校长说了。校长是个四十多岁的妇人，胖胖的，不很精明，可是心热。我是真没了主意，要不然我怎会开口述说妈妈的……我并没和校长亲近过。当我对她说的时候，每个字都像烧红了的煤球烫着我的喉，我哑了，半天才能吐出一个字。校长愿意帮助我。她不能给我钱，只能供给我两顿饭和住处——就住在学校和个老女仆作伴儿。她叫我帮助书记员写写字，可是不必马上就这么办，因为我的字还需要练习。两顿饭，一个住处，解决了天大的问题。我可以不连累妈妈了。妈妈这回连轿也没坐，只坐了辆洋车，摸着黑走了。我的铺盖，她给了我。临走的时候，妈妈挣扎着不哭，可是心底下的泪到底翻上来了。她知道我不能再找她去，她的亲女儿。我呢，我连哭都忘了怎么哭了，我只咧着嘴抽达，泪蒙住了我的脸。我是她的女儿，朋友，安慰。但是我帮助不了她，除非我得作那种我决不肯作的事。在事后一想，我们娘儿俩就像两个没人管的狗，为我们的嘴我们得受着一切的苦处，好像我们身上没有别的，只有一张嘴。为这张嘴，我们得把其余一切的东西都卖了。我不恨妈妈了，我明白了。不是妈妈的毛病，也不是不该长那张嘴，是粮食的毛病，凭什么没有我们的吃食呢？这个别离，把过去一切的苦楚都压过去了。那最明白我的眼泪怎流的月牙这回会没出来，这回只有黑暗，连点萤火的光也没有。妈妈就在暗中像个活鬼似的走了，连个影子也没有。即使她马上死了，恐怕也不会和爸埋在一处了，我连她将来的坟在哪里都不会知道。我只有这么个妈妈，朋友。我的世界里剩下我自己。

十四

妈妈永不能相见了，爱死在我心里，像被霜打了的春花。我用心的练字，为是能帮助校长抄写些不要紧的东西。我必须有用，我是吃着别人的饭。我不像那些女同学，她们一天到晚注意别人，别人吃了什么，穿了什么，说了什么；我老注意我自己，我的影子是我的朋友。"我"老在我的心上，因为没人爱我。我爱我自己，可怜我自己，鼓励我自己，责备我自己；我知道我自己，仿佛我是另一个人似的。我身上有一点变化都使我害怕，使我欢喜，使我莫名其妙。我在我自己手中拿着，像捧着一朵娇嫩的花。我只能顾目前，没有将来，也不敢深想。嚼着人家的饭，我知道那是晌午或晚上了，要不然我简直想不起时间来；没有希望，就没有时间。我好像钉在个没有日月的地方。想起妈妈，我晓得我曾经活了十几年。对将来，我不像同学们那样盼望放假，过节，过年；假期，节，年，跟我有什么关系呢？可是我的身体是往大了长呢，我觉得出。觉出我又长大了一些，我更渺茫，我不放心我自己。我越往大了长，我越觉得自己好看，这是一点安慰；美使我抬高了自己的身分。可是我根本没身分，安慰是先甜后苦的，苦到末了又使我自傲。穷，可是好看呢！这又使我怕：妈妈也是不难看的。

十五

我又老没看月牙了，不敢去看，虽然想看。我已毕了业，还在学校里住着。晚上，学校里只有两个老仆人，一男一女。他们不知怎样对待我好，我既不是学生，也不是先生，又不是仆人，可有点像仆人。晚上，我一个人在院中走，常被月牙给赶进屋来，我没有胆子去看它。可是在屋里，我会想象它是什么样，特别是在有点小风的时候。微风仿佛会给那点微光吹到我的心上来，使我想起过去，更加重了眼前的悲哀。我的心就好像在月光下的蝙蝠，虽然是在光的下面，可是自己是黑的；黑的东西，即使会飞，也还是黑的，我没有希望。我可是不哭，我只常皱着眉。

十六

我有了点进款：给学生织些东西，她们给我点工钱。校长允许我这么办。可是进不了许多，因为她们也会织。不过她们自己急于要用，而赶不来，或是给家中人打双手套或袜子，才来照顾我。虽然是这样，我的心似乎活了一点，我甚至想到：假若妈妈不走那一步，我是可以养活她的。一数我那点钱，我就知道这是梦想，可是这么想使我舒服一点。我很想看看妈妈。假若她看见我，她必能跟我来，我们能有方法活着，我想——不十分相信，可是。我想妈妈，她常到我的梦中来。有一天，我跟着学生们去到城外旅行，回来的时候已经是下午四点多了。为是快点回来，我们抄了个小道。我看见了妈妈！在个小胡同里有一家卖馒头的，门口放着个元宝筐，筐上插着个顶大的白木头馒头。顺着墙坐着妈妈，身儿一仰一弯的拉风箱呢。从老远我就看见了那个大木馒头与妈妈，我认识她的后影。我要过去抱住她。可是我不敢，我怕学生们笑话我，她们不许我有这样的妈妈。越走越近了，我的头低下去，从泪中看了她一眼，她没看见我。我们一群人擦着她的身子走过去，她好像是什么也没看见，专心地拉她的风箱。走出老远，我回头看了看，她还在那儿拉呢。我看不清她的脸，只看到她的头发在额上披散着点。我记住这个小胡同的名儿。

十七

像有个小虫在心中咬我似的，我想去看妈妈，非看见她我心中不能安静。正在这个时候，学校换了校长。胖校长告诉我得打主意，她在这儿一天便有我一天的饭食与住处，可是她不能保险新校长也这么办。我数了数我的钱，一共是两块七毛零几个铜子。这几个钱不会叫我在最近的几天中挨饿，可是我上哪儿呢？我不敢坐在那儿呆呆的发愁，我得想主意。找妈妈去是第一个念头。可是她能收留我吗？假若她不能收留我，而我找了她去，即使不能引起她与那个卖馒头的吵闹，她也必定很难过。我得为她想，她是我的妈妈，又不是我的妈妈，我们母女之间隔着一层用穷作成的障碍。想来想去，我不肯找她去了。我应当自己担着自己的苦处。可是怎么担着自己的苦处呢？我想不起。我觉得世界很小，没有安置我与我的小铺盖卷的地方。我还不如一条狗，狗有个地方便可以躺下睡；街上不准我躺着。是的，我是人，人可以不如狗。假若我扯着脸不走，焉知新校长不往外撵我呢？我不能等着人家往外推。这是个春天。我只看见花儿开了，叶儿绿了，而觉不到一点暖气。红的花只是红的花，绿的叶只是绿的叶，我看见些不同的颜色，只是一点颜色；这些颜色没有任何意义，春在我的心中是个凉的死的东西。我不肯哭，可是泪自己往下流。

十八

我出去找事了。不找妈妈，不依赖任何人，我要自己挣饭吃。走了整整两天，抱着希望出去，带着尘土与眼泪回来。没有事情给我作。我这才真明白了妈妈，真原谅了妈妈。妈妈还洗过臭袜子，我连这个都作不上。妈妈所走的路是唯一的。学校里教给我的本事与道德都是笑话，都是吃饱了没事时的玩艺。同学们不准我有那样的妈妈，她们笑话暗门子；是的，她们得这样看，她们有饭吃。我差不多要决定了：只要有人给我饭吃，什么我也肯干；妈妈是可佩服的。我才不去死，虽然想到过；不，我要活着。我年轻，我好看，我要活着。羞耻不是我造出来的。

十九

这么一想，我好像已经找到了事似的。我敢在院中走了，一个春天的月牙在天上挂着。我看出它的美来。天是暗蓝的，没有一点云。那个月牙清亮而温柔，把一些软光儿轻轻送到柳枝上。院中有点小风，带着南边的花香，把柳条的影子吹到墙角有光的地方来，又吹到无光的地方去；光不强，影儿不重，风微微的吹，都是温柔，什么都有点睡意，可又要轻软的活动着。月牙下边，柳梢上面，有一对星儿好像微笑的仙女的眼，逗着那歪歪的月牙和那轻摆的柳枝。墙那边有棵什么树，开满了白花，月的微光把这团雪照成一半儿白亮，一半儿略带点灰影，显出难以想到的纯净。这个月牙是希望的开始，我心里说。

二十

我又找了胖校长去，她没在家。一个少年的男子把我让进去。他很体面，也很和气。我平素很怕男人，但是这个少年不叫我怕他。他叫我说什么，我便不好意思不说；他那么一笑，我心里就软了。我把找校长的意思对他说了，他很热心，答应帮助我。当天晚上，他给我送了两块钱来，我不肯收，他说这是他婶母——胖校长——给我的。他并且说他的婶母已经给我找好了地方住，第二天就可以搬过去。我要怀疑，可是不敢。他的笑脸好像笑到我的心里去。我觉得我要疑心便对不起人，他是那么温和可爱。

二十一

他的笑唇在我的脸上，从他的头发上我看着那也在微笑的月牙。春风像醉了，吹破了春云，露出月牙与一两对儿春星。河岸上的柳枝轻摆，青蛙唱着恋歌，嫩蒲的香味散在春晚的暖气里。我听着水流，像给嫩蒲一些生力，我想象着蒲梗轻快的往高里长。小蒲公英在潮暖的地上似乎正往叶尖花瓣上灌着白浆。什么都在溶化着春的力量，把春收在那微妙的地方，然后放出一些香味，像花蕊顶破了花瓣。我忘了自己，像四外的花草似的，承受着春的透入；我没了自己，像化在了那点春风与月的微光中。月儿忽然被云掩住，我想起来自己，我觉得他的热力在压迫我。我失去那个月牙儿，也失去了自己，我和妈妈一样了！

二十二

我后悔，我自慰，我要哭，我喜欢，我不知道怎样好。我要跑开，永不再见他；我又想他，我寂寞。两间小屋，只有我一个人，他每天晚上来。他永远俊美，老那么温和。他供给我吃喝，还给我作了几件新衣。穿上新衣，我自己看出我的美。可是我也恨这些衣服，又舍不得脱去。我不敢思想，也懒得思想，我迷迷糊糊的，腮上老有那么两块红。我懒得打扮，又不能不打扮，太闲在了，总得找点事作。打扮的时候，我怜爱自己；打扮完了，我恨自己。我的泪很容易下来，可是我设法不

哭，眼终日老那么湿润润的，可爱。我有时候疯了似的
吻他，然后把他推开，甚至于破口骂他；他老笑。

二十三

　　我早知道，我没希望；一点云便能把月牙遮住，
我的将来是黑暗。果然，没有多久，春便变成了夏，我
的春梦作到了头儿。有一天，也就是刚晌午吧，来了一
个少妇。她很美，可是美得不玲珑，像个磁人儿似的。
她进到屋中就哭了。不用问，我已明白了。看她那个样
儿，她不想跟我吵闹，我更没预备着跟她冲突。她是个
老实人。她哭，可是拉住我的手："他骗了咱们俩！"
她说。我以为她也只是个"爱人"。不，她是他的妻。
她不跟我闹，只口口声声的说："你放了他吧！"我不
知怎么才好，我可怜这个少妇。我答应了她。她笑了。
看她这个样儿，我以为她是缺个心眼，她似乎什么也不
懂，只知道要她的丈夫。

二十四

　　我在街上走了半天。很容易答应那个少妇呀，可是
我怎么办呢？他给我的那些东西，我不愿意要；既然要

离开他，便一刀两断。可是，放下那点东西，我还有什么呢？我上哪儿呢？我怎么能当天就有饭吃呢？好吧，我得要那些东西，无法。我偷偷的搬了走。我不后悔，只觉得空虚，像一片云那样的无倚无靠。搬到一间小屋里，我睡了一天。

二十五

我知道怎样俭省，自幼就晓得钱是好的。凑合着手里还有那点钱，我想马上去找个事。这样，我虽然不希望什么，或者也不会有危险了。事情可是并不因我长了一两岁而容易找到。我很坚决，这并无济于事，只觉得应当如此罢了。妇女挣钱怎这么不容易呢！妈妈是对的，妇人只有一条路走，就是妈妈所走的路。我不肯马上就往那么走，可是知道它在不很远的地方等着我呢。我越挣扎，心中越害怕。我的希望是初月的光，一会儿就要消失。一两个星期过去了，希望越来越小。最后，我去和一排年轻的姑娘们在小饭馆受选阅。很小的一个饭馆，很大的一个老板；我们这群都不难看，都是高小毕业的女子们，等皇赏似的，等着那个破塔似的老板挑选。他选了我。我不感谢他，可是当时确有点痛快。那群女孩子们似乎很羡慕我，有的竟自含着泪走去，有的骂声"妈的"！女人够多么不值钱呢！

二十六

我成了小饭馆的第二号女招待。摆菜，端菜，算账，报菜名，我都不在行。我有点害怕。可是"第一号"告诉我不用着急，她也都不会。她说，小顺管一切的事；我们当招待的只要给客人倒茶，递手巾把，和拿账条；别的不用管。奇怪！"第一号"的袖口卷起来很高，袖口的白里子上连一个污点也没有。腕上放着一块白丝手绢，绣着"妹妹我爱你"。她一天到晚往脸上拍粉，嘴唇抹得血瓢似的。给客人点烟的时候，她的膝往人家腿上倚；还给客人斟酒，有时候她自己也喝了一口。对于客人，有的她伺候得非常的周到；有的她连理也不理，她会把眼皮一搭拉，假装没看见。她不招待的，我只好去。我怕男人。我那点经验叫我明白了些，什么爱不爱的，反正男人可怕。特别是在饭馆吃饭的男人们，他们假装义气，打架似的让座让账；他们拚命的猜拳，喝酒；他们野兽似的吞吃，他们不必要而故意的挑剔毛病，骂人。我低头递茶递手巾，我的脸发烧。客人们故意的和我说东说西，招我笑；我没心程说笑。晚上九点多钟完了事，我非常的疲乏了。到了我的小屋，连衣裳没脱，我一直的睡到天亮。醒来，我心中高兴了一些，我现在是自食其力，用我的劳力自己挣饭吃。我很早的就去上工。

二十七

"第一号"九点多才来，我已经去了两点多钟。她看不起我，可也并非完全恶意的教训我："不用那么早来，谁八点来吃饭？告诉你，丧气鬼，把脸别搭拉得那么长；你是女跑堂的，没让你在这儿送殡玩。低着头，没人多给酒钱；你干什么来了？不为挣子儿吗？你的领子太矮，咱这行全得弄高领子，绸子手绢，人家认这个！"我知道她是好意，我也知道设若我不肯笑，她也得吃挂落，少分酒钱；小账是大家平分的。我也并非看不起她，从一方面看，我实在佩服她，她是为挣钱。妇女挣钱就得这么着，没第二条路。但是，我不肯学她。我仿佛看得很清楚：有朝一日，我得比她还开通，才能挣上饭吃。可是那得到了山穷水尽的时候；"万不得已"老在那儿等我们女子，我只能叫它多等几天。这叫我咬牙切齿，叫我心中冒火，可是妇女的命运不在自己手里。又干了三天，那个大掌柜的下了警告：再试我两天，我要是愿意往长了干呢，得照"第一号"那么办。"第一号"一半嘲弄，一半劝告的说："已经有人打听你，干吗藏着乖的卖傻的呢？咱们谁不知道谁是怎着？女招待嫁银行经理的，有的是；你当是咱们低搭呢？闯开脸儿干呀，咱们也他妈的坐几天汽车！"这个，逼上我的气来，我问她："你什么时候坐汽车？"她把红嘴唇撇得要掉下去："不用你耍嘴皮子，干什么说什么；天生下来的香屁股，还不会干这个呢！"我干不了，拿了一块零五分钱，我回了家。

二十八

最后的黑影又向我迈了一步。为躲它，就更走近了它。我不后悔丢了那个事，可我也真怕那个黑影。把自己卖给一个人，我会。自从那回事儿，我很明白了些男女之间的关系。女人把自己放松一些，男人闻着味儿就来了。他所要的是肉，他所给的也是肉。他咬了你，压着你，发散了兽力，你便暂时有吃有穿；然后他也许打你骂你，或者停止了你的供给。女人就这么卖了自

己，有时候还很得意，我曾经觉到得意。在得意的时
候，说的净是一些天上的话；过了会儿，你觉得身上的
疼痛与丧气。不过，卖给一个男人，还可以说些天上的
话；卖给大家，连这些也没法说了，妈妈就没说过这样
的话。怕的程度不同，我没法接受"第一号"的劝告；
"一个"男人到底使我少怕一点。可是，我并不想卖我
自己。我并不需要男人，我还不到二十岁。我当初以为
跟男人在一块儿必定有趣，谁知道到了一块他就要求那
个我所害怕的事。是的，那时候我像把自己交给了春
风，任凭人家摆布；过后一想，他是利用我的无知，畅
快他自己。他的甜言蜜语使我走入梦里；醒过来，不过
是一个梦，一些空虚；我得到的是两顿饭，几件衣服。
我不想再这样挣饭吃，饭是实在的，实在的去挣好了。
可是，若真挣不上饭吃，女子得承认自己是女子，得卖
肉！一个多月，我找不到事作。

二十九

我遇见几个同学，有的升入了中学，有的在家里作
姑娘。我不愿理她们，可是一说起话儿来，我觉得我比
她们精明。原先，在学校的时候，我比她们傻；现在，

"她们"显着呆傻了。她们似乎还都作梦呢。她们都打扮得很好，像铺子里的货物。她们的眼溜着年轻的男子，心里好像作着爱情的诗。我笑她们。是的，我必定得原谅她们，她们有饭吃，吃饱了当然只好想爱情，男女彼此织成了网，互相捕捉；有钱的，网大一些，捉住几个，然后从容的选择一个。我没有钱，我连个结网的屋角都找不到。我得直接的捉人，或是被捉，我比她们明白一些，实际一些。

三十

有一天，我碰见那个小媳妇，像磁人似的那个。她拉住了我，倒好像我是她的亲人似的。她有点颠三倒四的样儿。"你是好人！你是好人！我后悔了，"她很诚恳的说，"我后悔了！我叫你放了他，哼，还不如在你手里呢！他又弄了别人，更好了，一去不回头了！"由探问中，我知道她和他也是由恋爱而结的婚，她似乎还很爱他。他又跑了。我可怜这个小妇人，她也是还作着梦，还相信恋爱神圣。我问她现在的情形，她说她得找到他，她得从一而终。要是找不到他呢？我问。她咬上了嘴唇，她有公婆，娘家还有父母，她没有自由，她甚至于羡慕我，我没有人管着。还有人羡慕我，我真要笑了！我有自由，笑话！她有饭吃，我有自由；她没自由，我没饭吃，我俩都是女子。

三十一

自从遇上那个小磁人，我不想把自己专卖给一个男人了，我决定玩玩了；换句话说，我要"浪漫"的挣饭吃了。我不再为谁负着什么道德责任，我饿。浪漫足以治饿，正如同吃饱了才浪漫，这是个圆圈，从哪儿走都可以。那些女同学与小磁人都跟我差不多，她们比我多着一点梦想，我比她们更直爽，肚子饿是最大的真理。是的，我开始卖了。把我所有的一点东西都折卖了，作了一身新行头，我的确不难看。我上了市。

三十二

我想我要玩玩，浪漫。啊，我错了。我还是不大明白世故。男人并不像我想的那么容易勾引。我要勾引文明一些的人，要至多只赔上一两个吻。哈哈，人家不上那个当，人家要初次见面便摸我的乳。还有呢，人家只请我看电影，或逛逛大街，吃杯冰激凌；我还是饿着肚子回家。所谓文明人，懂得问我在哪儿毕业，家里作什么事。那个态度使我看明白，他若是要你，你得给他相当的好处；你若是没有好处可贡献呢，人家只用一角钱的冰激凌换你一个吻。要卖，得痛痛快快的，拿钱来，我陪你睡。我明白了这个。小磁人们不明白这个。我和妈妈明白，我很想妈了。

三十三

据说有些女人是可以浪漫的挣饭吃，我缺乏资本；也就不必再这样想了。我有了买卖。可是我的房东不许我再住下去，他是讲体面的人。我连瞧他也没瞧，就搬了家，又搬回我妈妈和新爸爸曾经住过的那两间房。这里的人不讲体面，可也更真诚可爱。搬了家以后，我的买卖很不错。连文明人也来了。文明人知道了我是卖，他们是买，就肯来了；这样，他们不吃亏，也不丢身分。初干的时候，我很害怕，因为我还不到二十岁。及至作过了几天，我也就不怕了，身体上哪部分多运动都可以发达的。况且我不留情呢，我身上的各处都不闲着，手，嘴……都帮忙。他们爱这个。多咱他们像了一摊泥，他们才觉得上了算，他们满意，还替我作义务的

188

宣传。干过了几个月，我明白的事情更多了，差不多每一见面我就能断定他是怎样的人。有的很有钱，这样的人一开口总是问我的身价，表示他买得起我。他也很嫉妒，总想包了我；逛暗娼他也想独占，因为他有钱。对这样的人，我不大招待。他闹脾气，我不怕，我告诉他，我可以找上他的门去，报告给他的太太。在小学里念了几年书，到底是没白念，他唬不住我。教育是有用的，我相信了。有的人呢，来的时候，手里就攥着一块钱，唯恐上了当。对这种人，我跟他细讲条件，干什么多少钱，干什么多少钱，他就乖乖的回家去拿钱，很有意思。最可恨的是那些油子，不但不肯花钱，反倒要占点便宜走，什么半盒烟卷呀，什么一小瓶雪花膏呀，他们随手拿去。这种人还是得罪不的，他们在地面上很熟，得罪了他们，他们会叫巡警跟我捣乱。我不得罪他们，我喂着他们；及至我认识了警官，才一个个的收拾他们。世界就是狼吞虎咽的世界，谁坏谁就有便宜。顶可怜的是那像中学学生样儿的，袋里装着一块钱，和几十铜子，叮当的直响，鼻子上出着汗。我可怜他们，可是也照常卖给他们。我有什么办法呢！还有老头子呢，都是些规矩人，或者家中已然儿孙成群。对他们，我不知道怎样好；但是我知道他们有钱，想在死前买些快乐，我只好供给他们所需要的。这些经验叫我认识了"钱"与"人"。钱比人更厉害一些，人是兽，钱是兽的胆子。

三十四

我发现了我身上有了病。这叫我非常的苦痛，我觉得已经不必活下去了。我休息了，我到街上去走；无目的，乱走。我想去看看妈，她必能给我一些安慰，我想象着自己已是快死的人了。我绕到那个小巷，希望见着妈妈；我想起她在门外拉风箱的样子。馒头铺已经关了门。打听，没人知道搬到哪里去。这使我更坚决了，我非找到妈妈不可。在街上丧胆游魂的走了几天，没有一点用。我疑心她是死了，或是和馒头铺的掌柜的搬到别处去，也许在千里以外。这么一想，我哭起来。我穿好了衣裳，擦上了脂粉，在床上躺着，等死。我相信我会不久就死去的。可是我没死。门外又敲门了，找我的。好吧，我伺候他，我把病尽力的传给他。我不觉得这对不起人，这根本不是我的过错。我又痛快了些，我吸烟，我喝酒，我好像已是三四十岁的人了。我的眼圈发青，手心发热，

我不再管；有钱才能活着，先吃饱再说别的吧。我吃得
并不错，谁肯吃坏的呢！我必须给自己一点好吃食，一
些好衣裳，这样才稍微对得起自己一点。

三十五

一天早晨，大概有十点来钟吧，我正披着件长袍在
屋中坐着，我听见院中有点脚步声。我十点来钟起来，
有时候到十二点才想穿好衣裳，我近来非常的懒，能披
着件衣服呆坐一两个钟头。我想不起什么，也不愿想什
么，就那么独自呆坐。那点脚步声向我的门外来了，很
轻很慢。不久，我看见一对眼睛，从门上那块小玻璃向
里面看呢。看了一会儿，躲开了；我懒得动，还在那儿
坐着。待了一会儿，那对眼睛又来了。我再也坐不住，
我轻轻的开了门。"妈！"

三十六

我们母女怎么进了屋，我说不上来。哭了多久，
也不大记得。妈妈已老得不像样儿了。她的掌柜的回了
老家，没告诉她，偷偷的走了，没给她留下一个钱。她
把那点东西变卖了，辞了房，搬到一个大杂院里去。她

已找了我半个多月。最后，她想到上这儿来，并没希望
找到我，只是碰碰看，可是竟自找到了我。她不敢认我
了，要不是我叫她，她也许就又走了。哭完了，我发狂
似的笑起来：她找到了女儿，女儿已是个暗娼！她养着
我的时候，她得那样；现在轮到我养着她了，我得那
样！女子的职业是世袭的，是专门的！

三十七

我希望妈妈给我点安慰。我知道安慰不过是点空
话，可是我还希望来自妈妈的口中。世上的妈妈都最会
骗人，我们把妈妈的诓骗叫作安慰。我的妈妈连这个都
忘了。她是饿怕了，我不怪她。她开始检点我的东西，
问我的进项与花费，似乎一点也不以这种生意为奇怪。
我告诉她，我有了病，希望她劝我休息几天。没有；她
只说出去给我买药。"我们老干这个吗？"我问她。她
没言语。可是从另一方面看，她确是想保护我，心疼
我。她给我作饭，问我身上怎样，还常常偷看我，像妈
妈看睡着了的小孩那样。只是有一层她不肯说，就是叫
我不用再干这行了。我心中很明白——虽然有一点不满
意她——除了干这个，还想不到第二个事情作。我们母

女得吃得穿——这个决定了一切。什么母女不母女，什么体面不体面，钱是无情的。

三十八

妈妈想照应我，可是她得听着看着人家蹂躏我。我想好好对待她，可是我觉得她有时候讨厌。她什么都要管管，特别是对于钱。她的眼已失去年轻时的光泽，不过看见了钱还能发点光。对于客人，她就自居为仆人，可是当客人给少了钱的时候，她张嘴就骂。这有时候使我很为难。不错，既干这个还不是为钱吗？可是干这个的也似乎不必骂人。我有时候也会慢待人，可是我有我的办法，使客人急不得恼不得。妈妈的方法太笨了，很容易得罪人。看在钱的面上，我们不应当得罪人。我的方法或者出于我还年轻，还幼稚；妈妈便不顾一切的单单站在钱上了，她应当如此，她比我大着好些岁。恐怕再过几年我也就这样了，人老心也跟着老，渐渐的老得和钱一样的硬。是的，妈妈不客气。她有时候劈手就抢客人的皮夹，有时候留下人家的帽子或值钱一点的手套与手杖。我很怕闹出事来，可是妈妈说的好："能多弄一个是一个，咱们是拿十年当作一年活着的，等七老八十还有人要咱们吗？"有时候，客人喝醉了，她便把他架出去，找个僻静地方叫他坐下，连他的鞋都拿回来。说也奇怪，这种人倒没有来找账的，想是已人事不知，说不定也许病一大场。或者事过之后，想过滋味，也就不便再来闹了，我们不怕丢人，他们怕。

三十九

妈妈是说对了：我们是拿十年当一年活着。干了二三年，我觉出自己是变了。我的皮肤粗糙了，我的嘴唇老是焦的，我的眼睛里老灰不溜的带着血丝。我起来的很晚，还觉得精神不够。我觉出这个来，客人们更不是瞎子，熟客渐渐少起来。对于生客，我更努力的伺候，可是也更厌恶他们，有时候我管不住自己的脾气。我暴躁，我胡说，我已经不是我自己了。我的嘴不由的老胡说，似乎是惯了。这样，那些文明人已不多照顾我，因为我丢了那点"小鸟依人"——他们唯一的诗句——的身段与气味。我得和野鸡学了。我打扮得简直不像个人，这才招得动那不文明的人。我的嘴擦得像个红血瓢，我用力咬他们，他们觉得痛快。有时候我似乎已看见我的死，接进一块钱，我仿佛死了一点。钱是延长生命的，我的挣法适得其反。我看着自己死，等着自己死。这么一想，便把别的思想全止住了。不必想了，一天一天的活下去就是了，我的妈妈是我的影子，我至好不过将来变成她那样，卖了一辈子肉，剩下的只是一些白头发与抽皱的黑皮。这就是生命。

四十

我勉强的笑，勉强的疯狂，我的痛苦不是落几个泪所能减除的。我这样的生命是没什么可惜的，可是它到底是个生命，我不愿撒手。况且我所作的并不是我自己的过错。死假如可怕，那只因为活着是可爱的。我决不是怕死的痛苦，我的痛苦久已胜过了死。我爱活着，而不应当这样活着。我想象着一种理想的生活，像作着梦似的；这个梦一会儿就过去了，实际的生活使我更觉得难过。这个世界不是个梦，是真的地狱。妈妈看出我的难过来，她劝我嫁人。嫁人，我有了饭吃，她可以弄一笔养老金。我是她的希望。我嫁谁呢？

四十一

因为接触的男子很多了，我根本已忘了什么是爱。

我爱的是我自己，及至我已爱不了自己，我爱别人干什么呢？但是打算出嫁，我得假装说我爱，说我愿意跟他一辈子。我对好几个人都这样说了，还起了誓；没人接受。在钱的管领下，人都很精明。嫖不如偷，对，偷省钱。我要是不要钱，管保人人说爱我。

四十二

正在这个期间，巡警把我抓了去。我们城里的新官儿非常的讲道德，要扫清了暗门子。正式的妓女倒还照旧作生意，因为她们纳捐；纳捐的便是名正言顺的，道德的。抓了去，他们把我放在了感化院，有人教给我作工。洗，做，烹调，编织，我都会；要是这些本事能挣饭吃，我早就不干那个苦事了。我跟他们这样讲，他们不信，他们说我没出息，没道德。他们教给我工作，还告诉我必须爱我的工作。假如我爱工作，将来必定能自食其力，或是嫁个人。他们很乐观。我可没这个信心。他们最好的成绩，是已经有十几多个女的，经过他们感化而嫁了人。到这儿来领女人的，只须花两块钱的手续费和找一个妥实的铺保就够了。这是个便宜。从男人方面看；据我想，这是个笑话。我干脆就不受这个感化。

当一个大官儿来检阅我们的时候，我唾了他一脸唾沫。他们还不肯放了我，我是带危险性的东西。可是他们也不肯再感化我。我换了地方，到了狱中。

四十三

狱里是个好地方，它使人坚信人类的没有起色；在我作梦的时候都见不到这样丑恶的玩艺。自从我一进来，我就不再想出去，在我的经验中，世界比这儿并强不了许多。我不愿死，假若从这儿出去而能有个较好的地方；事实上既不这样，死在哪儿不一样呢。在这里，在这里，我又看见了我的好朋友，月牙儿！多久没见着它了！妈妈干什么呢？我想起来一切。

阳　光

一

　　想起幼年来，我便想到一株细条而开着朵大花的牡丹，在春晴的阳光下，放着明艳的红瓣儿与金黄的蕊。我便是那朵牡丹。偶尔有一点愁恼，不过像一片早霞，虽然没有阳光那样鲜亮，到底还是红的。我不大记得幼时有过阴天；不错，有的时候确是落了雨，可是我对于雨的印象是那美的虹，积水上飞来飞去的蜻蜓，与带着水珠的花。自幼我就晓得我的娇贵与美丽。自幼我便比别的小孩精明，因为我有机会学事儿。要说我比别人多会着什么，倒未必；我并不须学习什么。可是我精明，这大概是因为有许多人替我作事；我一张嘴，事情便作成了。这样，我的聪明是在怎样支使人，和判断别人作的怎样：好，还是不好。所以我精明。别人比我低，所以才受我的支使；别人比我笨，所以才不能老满足我的心意。地位的优越使我精明。可是我不愿承认地位的优越，而永远自信我很精明。因此，不但我是在阳光中，而且我自居是个明艳光暖的小太阳；我自己发着光。

二

我的父母兄弟，要是比起别人的，都很精明体面。可是跟我一比，他们还不算顶精明，顶体面。父母只有我这么一个女儿，兄弟只有我这么一个姊妹，我天生来的可贵。连父母都得听我的话。我永远是对的。我要在平地上跌倒，他们便争着去责打那块地；我要是说苹果咬了我的唇，他们便齐声的骂苹果。我并不感谢他们，他们应当服从我。世上的一切都应当服从我。

三

记忆中的幼年是一片阳光，照着没有经过排列的颜色，像风中的一片各色的花，摇动复杂而浓艳。我也记得我曾害过小小的病，但是病更使我娇贵，添上许多甜美的细小的悲哀，与意外的被人怜爱。我现在还记得那透明的冰糖块儿，把药汁的苦味减到几乎是可爱的。在病中我是温室里的早花，虽然稍微细弱一些，可是更秀丽可喜。

四

到学校去读书是较大的变动，可是父母的疼爱与教师的保护使我只记得我的胜利，而忘了那一点点痛苦。在低级里，我已经觉出我自己的优越。我不怕生人，对着生人我敢唱歌，跳舞。我的装束永远是最漂亮的。我的成绩也是最好的；假若我有作不上来的，回到家中自有人替我作成，而最高的分数是我的。因为这些学校中的训练，我也在亲友中得到美誉与光荣，我常去给新娘子拉纱，或提着花篮，我会眼看着我的脚尖慢慢的走，觉出我的腮上必是红得像两瓣儿海棠花。我的玩具，我的学校用品，都证明我的阔绰。我很骄傲，可也有时候很大方，我爱谁就给谁一件东西。在我生气的时候，我随便撕碎摔坏我的东西，使大家知道我的脾气。

五

入了高小，我开始觉出我的价值。我厉害，我美丽，我会说话，我背地里听见有人讲究我，说我聪明外露，说我的鼻孔有点向上翻着。我对着镜子细看，是的，他们说对了。但是那并不减少我的美丽。至于聪明外露，我喜欢这样。我的鼻孔向上撑着点，不但是件事实而且我自傲有这件事实。我觉出我的鼻孔可爱，它向上翻着点，好像是藐视一切，和一切挑战；我心中的最厉害的话先由鼻孔透出一点来；当我说过了那样的话，我的嘴唇向下撇一些，把鼻尖坠下来，像花朵在晚间自己并上那样甜美的自爱。对于功课，我不大注意；我的学校里本来不大注意功课。况且功课与我没多大关系，我和我的同学们都是阔家的女儿，我们顾衣裳与打扮还顾不来，哪有工夫去管功课呢。学校里的穷人与先生与工友们！我们不能听工友的管辖，正像不能受先生们的指挥。先生们也知道她们不应当管学生。况且我们的名誉并不因此而受损失；讲跳舞，讲唱歌，讲演剧，都是我们的最好，每次赛会都是我们第一。就是手工图画也是我们的最好，我们买得起的材料，别的学校的学生买不起。我们说不上爱学校与先生们来，可也不恨它与她们，我们的光荣常常与学校分不开。

六

在高小里，我的生活不尽是阳光了。有时候我与同学们争吵得很厉害。虽然胜利多半是我的，可是在战斗的期间到底是费心劳神的。我们常因服装与头发的式样，或别种小的事，发生意见，分成多少党。我总是作首领的。我得细心的计划，因为我是首领。我天生来是该作首领的，多数的同学好像是木头作的，只能服从，没有一点主意；我是她们的脑子。

七

在毕业的那一年，我与班友们都自居为大姑娘了。我们非常的爱上学。不是对功课有兴趣，而是我们爱学校中的自由。我们三个一群，两个一伙，挤着搂着，充分自由的讲究那些我们并不十分明白而愿意明白的事。我们不能在另一个地方找到这种谈话与欢喜，我们不再和小学生们来往，我们所知道的和我们以为已经知道的那些事使我们觉得像小说中的女子。我们什么也不知道，也不愿意知道什么；我们只喜爱小说中的人与事。

我们交换着知识使大家都走入一种梦幻境界。我们知道许多女侠，许多烈女，许多不守规矩的女郎。可是我们所最喜欢的是那种多心眼的，痴情的女子，像林黛玉那样的。我们都愿意聪明，能说出些尖酸而伤感的话。我们管我们的课室叫"大观园"。是的，我们也看电影，但是电影中的动作太粗野，不像我们理想中的那么缠绵。我们既都是阔家的女儿，在谈话中也低声报告着在家中各人所看到的事，关于男女的事。这些事正如电影中的，能满足我们一时的好奇心，而没有多少味道。我们不希望干那些姨太太们所干的事，我们都自居为真正的爱人，有理想，有痴情；虽然我们并不懂得什么。无论怎说吧，我们的一半纯洁一半污浊的心使我们愿意听那些坏事，而希望自己保持住娇贵与聪明。我们是一群十四五岁的鲜花。

八

在初入中学的时候，我与班友们由大姑娘又变成了小姑娘；高年级的同学看不起我们。她们不但看不起我们，也故意的戏弄我们。她们常把我们捉了去，作她们的dear，大学生自居为男子。这个，使我们害羞，可是并非没有趣味。这使我觉到一些假装的，同时又有点味道的，爱恋情味。我们仿佛是由盆中移到地上的花，虽然环境的改变使我们感觉不安，可是我们也正在吸收新的更有力的滋养；我们觉出我们是女子，觉出女子的滋味，而自惜自怜。在这个期间，我们对于电影开始吃进点味儿；看到男女的长吻，我们似乎明白了些意思。

九

到了二三年级，我们不这么老实了。我简直可以这么说，这二年是我的黄金时代。高年级的学生没有我们的胆量大，低年级的有我们在前面挡着也闹不起来；只有我们，既然和高年级的同学学到了许多坏招数，又不像新学生那样怕先生。我们要干什么便干什么。高年级的学生会思索，我们不必思索；我们的脸一红，动作就跟着来了，像一口血似的啐出来。我们粗暴，小气，使人难堪，一天到晚唧唧咕咕，笑不正经笑，哭也不好生哭。我非常好动怒，看谁也不顺眼。我爱作的不就去好好作，我不爱作的就干脆不去作，没有理由，更不屑于解释。这样，我的脾气越大，胆子也越大。我不怕男学生追我了。我与班友们都有了追逐的男学生。而且以此为荣。可是男学生并追不上我们，他们只使我们心跳，使我们彼此有的谈论，使我们成了电影狂。及至有机会真和男人——亲戚或家中的朋友——见面，我反倒吐吐舌头或端端肩膀，说不出什么。更谈不到交际。在事后，我觉得泄气，不成体统，可是没有办法。人是要慢慢长起来的，我现在明白了。但是，无论怎说吧，这是个黄金时代；一天一天胡胡涂涂的过去，完全没有忧虑，像棵傻大的热带的树，常开着花，一年四季是春天。

十

提到我的聪明，哼，我的鼻尖还是向上翻着点；功课呢，虽然不能算是最坏的，可至好也不过将就得个丙等。作小孩的时候，我愿意人家说我聪明；入了中学，特别是在二三年级的时候，我讨厌人家夸奖我。自然我还没完全丢掉争强好胜的心，可是不在功课上；因此，对于先生的夸奖我觉得讨厌；有的同学在功课上处处求好，得到荣誉，我恨这样的人。在我的心里，我还觉得我聪明；我以为我是不屑于表现我的聪明，所以得的分数不高；那能在功课上表现出才力来的不过是多用着点工夫而已，算不了什么。我才不那么傻用工夫，多演几道题，多作一些文章，干什么用呢？我的父母并没仗着我的学问才有饭吃。况且我的美已经是出名的，报纸上常有我的像片，称我为高材生，大家闺秀。用功与否有什么关系呢？我是个风筝，高高的在春云里，大家都仰着头看我，我只须晃动着，在春风里游戏便够了。我的上下左右都是阳光。

十一

可是到了高年级，我不这么野调无腔的了。我好像开始觉到我有了个固定的人格，虽然不似我想象的那么固定，可是我觉得自己稳重了一些，身中仿佛有点沉重的气儿。我想，这一方面是由于我的家庭，一方面是由于我自己的发育，而成的。我的家庭是个有钱而自傲的，不允许我老淘气精似的；我自己呢，从身体上与心灵上都发展着一些精微的，使我自怜的什么东西。我自然的应当自重。因为自重，我甚至于有时候循着身体或精神上的小小病痛，而显出点可怜的病态与娇羞。我好像正在培养着一种美，叫别人可怜我而又得尊敬我的美。我觉出我的尊严，而愿显露出自己的娇弱。其实我的身体很好。因为身体好，所以才想象到那些我所没有的姿态与秀弱。我仿佛要把女性所有的一切动人的情态全吸收到身上来。女子对于美的要求，至少是我这么想，是得到一切，要不然便什么也没有也好。因为这个绝对的要求，我们能把自己的一点美好扩展得像一个美的世界。我们醉心的搜求发现这一点点美所包含的力量与可爱。不用说，这样发现自己，欣赏自己，不知不觉的有个目的，为别人看。在这个时节我对于男人是老设法躲避的。我知道自己的美，而不能轻易给谁，我是有价值的。我非常的自傲，理想很高。影影抄抄的我想到假如我要属于哪个男人，他必是世间罕有的美男子，把我带到天上去。

十二

　　因为家里有钱，所以我得加倍的自尊自傲。有钱，自然得骄傲；因为钱多而发生的不体面的事，使我得加倍骄傲。我这时候有许多看不上眼的事都发生在家里，我得装出我们是清白的；钱买不来道德，我得装成好人。我家里的人用钱把别人家的女子买来，而希望我给他们转过脸来。别人家的女儿可以糟蹋在他们的手里，他们的女子——我——可得纯洁，给他们争脸面。我父亲，哥哥，都弄来女人，他们的乱七八糟都在我眼里。这个使我轻看他们，也使他们更重看我，他们可以胡闹，我必须贞洁。我是他们的希望。这个，使我清醒了一些，不能像先前那么欢蹦乱跳的了。

十三

可是在清醒之中，我也有时候因身体上的刺激，与心里对父兄的反感，使我想到去浪漫。我凭什么为他们而守身如玉呢？我的脸好看，我的身体美好，我有青春，我应当在个爱人的怀里。我还没想到结婚与别的大问题，我只想把青春放出一点去，像花不自己老包着香味，而是随着风传到远处去。在这么想的时节，我心中的天是蓝得近乎翠绿，我是这蓝绿空中的一片桃红的霞。可是一回到家中，我看到的是黑暗。我不能不承认我是比他们优越，于是我也就更难处置自己。即使我要肉体上的快乐，我也比他们更理想一些。因此，我既不能完全与他们一致，又恨我不能实际的得到什么。我好像是在黄昏中，不像白天也不像黑夜。我失了我自幼所有的阳光。

十四

　　我很想用功，可是安不下心去。偶尔想到将来，我有点害怕：我会什么呢？假若我有朝一日和家庭闹翻了，我仗着什么活着呢？把自己细细的分析一下，除了美丽，我什么也没有。可是再一想呢，我不会和家中决裂；即使是不可免的，现在也无须那样想。现在呢，我是富家的女儿；将来我总不至于陷在穷苦中吧。我庆幸我的命运，以过去的幸福预测将来的一帆风顺。在我的手里，不会有恶劣的将来，因为目前我有一切的幸福。何必多虑呢，忧虑是软弱的表示。我的前途是征服，正像我自幼便立在阳光里，我的美永远能把阳光吸了来。在这个时候，我听见一点使我不安的消息：家中已给我议婚了。

十五

　　我才十九岁！结婚，这并没吓住我；因为我老以为我是个足以保护自己的大姑娘。可是及至这好像真事似的要来到头上，我想起我的岁数来，我有点怕了。我

不应这么早结婚。即使非结婚不可，也得容我自己去找
到理想的英雄；我的同学们哪个不是抱着这样的主张，
况且我是她们中最聪明的呢。可是，我也偷偷听到，家
中所给提的人家，是很体面的，很有钱，有势力；我又
痛快了点。并不是我想随便的被家里把我聘出去，我是
觉出我的价值——不论怎说，我要是出嫁，必嫁个阔公
子，跟我的兄弟一样。我过惯了舒服的日子，不能嫁个
穷汉。我必须继续着在阳光里。这么一想，我想象着我
已成了个少奶奶，什么都有，金钱，地位，服饰，仆
人，这也许是有趣的。这使我有点害羞，可也另有点味
道，一种渺茫而并非不甜美的味道。

十六

这可只是一时的想象。及至我细一想，我决定我
不能这么断送了自己；我必须先尝着一点爱的味道。我
是个小姐，但是在爱的里面我满可以把"小姐"放在一
边。我忽然想自由，而自由必先平等。假如我爱谁，即
使他是个叫花子也好。这是个理想；非常的高尚，我觉
得。可是，我能不能爱个叫花子呢？不能！先不用提乞
丐，就是拿个平常人说吧，一个小官，或一个当教员

的，他能养得起我吗？别的我不知道，我知道我不会受苦。我生来是朵花，花不会工作，也不应当工作。花只嫁给富丽的春天。我是朵花，就得有花的香美，我必须穿的华丽，打扮得动人，有随便花用的钱，还有爱。这不是野心，我天生的是这样的人，应当享受。假若有爱而没有别的，我没法想到爱有什么好处。我自幼便精明，这时候更需要精明的思索一番了。我真用心思索了，思索的甚至于有点头疼。

十七

我的不安使我想到动作。我不能像乡下姑娘那样安安顿顿的被人家娶了走。我不能。可是从另一方面想，我似乎应当安顿着。父母这么早给我提婚，大概就是怕我不老实而丢了他们的脸。他们想乘我还全须全尾的送了出去，成全了他们的体面，免去了累赘。为作父母的想，这或者是很不错的办法，但是我不能忍受这个；我自己是个人，自幼儿娇贵；我还是得作点什么，作点惊人的，浪漫的，而又不吃亏的事。说到归齐，我是个"新"女子呀，我有我的价值呀！

十八

机会来了！我去给个同学作伴娘，同时觉得那个伴郎似乎可爱。即使他不可爱，在这么个场面下，也当可爱。看着别人结婚是最受刺激的事：新夫妇，伴郎伴娘，都在一团喜气里，都拿出生命中最像玫瑰的颜色，都在花的香味里。爱，在这种时候，像风似的刮出去刮回来，大家都荡漾着。我觉得我应当落在爱恋里，假如这个场面是在爱的风里。我，说真的，比全场的女子都美丽。设若在这里发生了爱的遇合，而没有我的事，那是个羞辱。全场中的男子就是那个伴郎长的漂亮，我要征服，就得是他。这自然只是环境使我这么想，我还不肯有什么举动；一位小姐到底是小姐。虽然我应当要什么便过去拿来，可是爱情这种事顶好得维持住点小姐的身分。及至他看我了，我可是没了主意。也就不必再想主意，他先看我的，我总算没丢了身分。况且我早就想他应当看我呢。他或者是早就明白了我的心意，而不能不照办；他既是照我的意思办，那就不必再否认自己了。

十九

事过之后，我走路都特别的爽利。我的胸脯向来没这样挺出来过，我不晓得为什么我老要笑；身上轻得像根羽毛似的。在我要笑的时节，我渺茫的看到一片绿海，被春风吹起些小小的浪。我是这绿波上的一只小船，挂着雪白的帆，在阳光下缓缓的飘浮，一直飘到那满是桃花的岛上。我想不到什么更具体的境界与事实，只感到我是在春海上游戏。我倒不十分的想他，他不过是个灵感。我还不会想到他有什么好处，我只觉得我的初次的胜利，我开始能把我的香味送出去，我开始看见一个新的境界，认识了个更大的宇宙，山水花木都由我得到鲜艳的颜色与会笑的小风。我有了力量，四肢有了弹力，我忘了我的聪明与厉害，我温柔得像一团柳絮。我设若不能再见到他，我想我不会惦记着他，可是我将永久忘不下这点快乐，好像头一次春雨那样不易被忘掉。有了这次春雨，一切便有了主张，我会去创造一个顶完美的春天。我的心展开了一条花径，桃花开后还有紫荆呢。

二十

可是，他找我来了。这个破坏了我的梦境，我落在尘土上，像只伤了翅的蝴蝶。我不能不拿出我在地上的手段来了。我不答理他，我有我的身分。我毫不迟疑的拒绝了他。等他羞惭的还勉强笑着走去之后，我低着头慢慢的走，我的心中看清楚我全身的美，甚至我的后影。我是这样的美，我觉得我是立在高处的一个女神刻像，只准人崇拜，不许动手来摸。我有女神的美，也有女神的智慧与尊严。

二十一

过了一会儿，我又盼他再回来了：不是我盼望他，惦记他；他应当回来，好表示出他的虔诚，女神有时候也可以接收凡人的爱，只要他虔诚。果然在不久之后，他又来了。这使我心里软了点。可是我还不能就这么轻易给他什么，我自幼便精明，不能随便任着冲动行事。我必须把他揉搓得像块皮糖；能绕在我的小手指上，我才能给他所要求的百分之一二。爱是一种游戏，可由得我出主意。我真有点爱他了，因为他供给了我作游戏的材料。我总让他闻见我的香味，而这个香味像一层厚雾隔开他与我，我像雾后的一个小太阳，微微的发着光，能把四围射成一圈红晕，但是他觉不到我的热力，也看不清楚我。我非常的高兴，我觉出我青春的老练，像座小春山似的，享受着春的雨露，而稳固不能移动。我自信对男人已有了经验，似乎把我放在什么地方，我也可以有办法。我没有可怕的了，我不再想林黛玉，黛玉那种女子已经死绝了。

二十二

因此我越来越胆大了。我的理想是变成电影中那个红发女郎，多情而厉害，可以叫人握着手，及至他要吻的时候，就抢手给他个嘴巴。我不稀罕他请我看电影，请我吃饭，或送给我点礼物。我自己有钱。我要的是香火，我是女神。自然我有时候也希望一个吻，可是我的爱应当是另一种，一种没有吻的爱，我不是普通的女子。他给我开了爱的端，我只感激他这点；我的脚底下应有一群像他的青年男子；我的脚是多么好看呢！

二十三

家中还进行着我的婚事。我暗中笑他们，一声儿不
出。我等着。等到有了定局再说，我会给他们一手儿看
看。是的，我得多预备人，万一到和家中闹翻的时候，
好挑选一个捉住不放。我在同学中成了顶可羡慕的人，
因为我敢和许多男子交际。那些只有一个爱人的同学，
时常的哭，把眼哭得桃儿似的。她们只有一个爱人，而
且任着他的性儿欺侮，怎能不哭呢。我不哭，因为我有
准备。我看不起她们，她们把小姐的身分作丢了。她们
管哭哭啼啼叫作爱的甘蔗，我才不吃这样的甘蔗，我和
她们说不到一块。她们没有脑子。她们常受男人的骗。
回到宿舍哭一整天，她们引不起我的同情，她们该受
骗！我在爱的海边游泳，她们闭着眼往里跳。这群可怜
的东西。

二十四

中学毕了业，我要求家中允许我入大学。我没心
程读书，只为多在外面玩玩，本来吗，洗衣有老妈，作

衣裳有裁缝，作饭有厨子，教书有先生，出门有汽车，我学本事干什么呢？我得入学，因为别的女子有入大学的，我不能落后；我还想出洋呢。学校并不给我什么印象，我只记得我的高跟鞋在洋灰路上或地板上的响声，咯噔咯噔的，怪好听。我的宿室顶阔气，床下堆着十来双鞋，我永远不去整理它们，就那么堆着。屋中越乱越显出阔气。我打扮好了出来，像个青蛙从水中跳出，谁也想不到水底下有泥。我的眉须画半点多钟，哪有工夫去收拾屋子呢？赶到下雨的天，鞋上沾了点泥，我才去访那好清洁的同学，把泥留在她的屋里。她们都不敢惹我。入学不久我便被举为学校的皇后。与我长的同样美的都失败了，她们没有脑子，没有手段；我有。在中学交的男朋友全断绝了关系，连那个伴郎。我的身分更高了，我的阅历更多了，我既是皇后，至少得有个皇帝作我的爱人。被我拒绝了的那些男子还有时候给我来信，都说他们常常因想我而落泪；落吧，我有什么法子呢？他们说我狠心，我何尝狠心呢？我有我的身分，理想，与美丽。爱和生命一样，经验越多便越高明，聪明的爱是理智的，多咱爱把心迷住——我由别人的遭遇看出来——便是悲剧。我不能这么办。作了皇后以后，我的

新朋友很多很多了。我戏耍他们，嘲弄他们，他们都
羊似的驯顺老实。这几乎使我绝望了，我找不到可征服
的，他们永远投降，没有一点战斗的心思与力量。谁说
男子强硬呢？我还没看见一个。

二十五

我的办法使我自傲，但是和别人的一比较，我又
有点嫉妒：我觉得空虚。别的女同学们每每因为恋爱的
波折而极伤心的哭泣，或因恋爱的成功而得意，她们有
哭有笑，我没有。在一方面呢，我自信比她们高明，在
另一方面呢，我又希望我也应表示出点真的感情。可是
我表示不出，我只会装假，我的一切举动都被那个"小
姐"管束着，我没了自己。说话，我团着舌头；行路，
我扭着身儿；笑，只有声音。我作小姐作惯了，凡事都
有一定的程式，我找不到自己在哪儿。因此，我也想热
烈一点，愚笨一点，也使我能真哭真笑。可是不成功。
我没有可哭的事，我有一切我所需要的；我也不会狂
喜，我不是三岁的小孩儿能被一件玩艺儿哄得跳着脚儿
笑。我看父母，他们的悲喜也多半是假的，只在说话中
用几个适当的字表示他们的情感，并不真动感情。有

钱，天下已没有可悲的事；欲望容易满足，也就无从狂
喜；他们微笑着表示出气度不凡与雍容大雅。可是我自
己到底是个青年女郎，似乎至少也应当偶然愚傻一次，
我太平淡无奇了。这样，我开始和同学们捣乱了，谁
叫她们有哭有笑而我没有呢？我设法引诱她们的"朋
友"，和她们争斗，希望因失败或成功而使我的感情运
动运动。结果，女同学们真恨我了，而我还是觉不到什
么重大的刺激。我太聪明了，开通了，一定是这样；可
是几时我才能把心打开，觉到一点真的滋味呢？

二十六

　　我几乎有点着急了，我想我得闭上眼往水里跳一
下，不再细细的思索，跳下去再说。哼，到了这个时
节，也不知怎么了，男子不上我的套儿了。他们跟我敷
衍，不更进一步使我尝着真的滋味，他们怕我。我真急
了，我想哭一场；可是无缘无故的怎好哭呢？女同学们
的哭都是有理由的。我怎能白白的不为什么而哭呢？况
且，我要是真哭起来，恐怕也得不到同情，而只招她们
暗笑。我不能丢这个脸。我真想不再读书了，不再和这
群破同学们周旋了。

二十七

正在这个期间，家中已给我定了婚。我可真得细细思索一番了。我是个小姐——我开始想——小姐的将来是什么？这么一问我把许多男朋友从心中注销了。这些男朋友都不能维持住我——小姐——所希望的将来。我的将来必须与现在差不多，最好是比现在还好上一些。家中给找的人有这个能力；我的将来，假如我愿嫁他，可很保险的。可是爱呢？这可有点不好办。那群破女同学在许多事上不如我，可是在爱上或者足以向我夸口；我怎能在这一点上输给她们呢？假若她们知道我的婚姻是家中给定的，她们得怎样轻看我呢？这倒真不好办了！既无顶好的办法，我得退一步想了：倘若有个男子，既然可以给我爱，而且对将来的保障也还下得去，虽不能十分满意，我是不是该当下嫁他呢？这把小姐的身分与应有的享受牺牲了些，可是有爱足以抵补；说到归齐，我是位新式小姐呀。是的，可以这么办。可是，这么办，怎样对付家里呢？奋斗，对，奋斗！

二十八

我开始奋斗了，我是何等的强硬呢，强硬得使我自己可怜我自己了。家中的人也很强硬呀，我真没想到他们会能这么样。他们的态度使我怀疑我的身分了，他们一向是怕我的，为什么单在这件事上这么坚决呢？大概他们是并没有把我看在眼里，小事由着我，大事可得他们拿主意。这可使我真动了气。啊，我明白了点什么，我并不是像我所想的那么贵重。我的太阳没了光，忽然天昏地暗了。

二十九

怎办呢！我既是位小姐，又是个"新"小姐，这太难安排了。我好像被圈在个夹壁墙里了，没法儿转身。身分地位是必要的，爱也是必要的，没有哪样也不行。即使我肯舍去一样，我应当舍去哪个呢？我活了这么大，向来没有着过这样的急。我不能只为我打算，我得为"小姐"打算，我不是平常的女子。抛弃了我的身分，是对不起自己。我得勇敢，可不能装疯卖傻，我不能把自己放在危险的地方。那些男朋友都说爱我，可是哪一个能满足我所应当要的，必得要的呢？他们多数是学生，他们自己也不准知道他们的将来怎样；有一两个怪漂亮的助教也跟我不错，我能不能要个小小的助教？即使他们是教授，教授还不是一群穷酸？我应当，必须，对得起自己，把自己放在最高最美丽的地点。

三十

奋斗了许多日子，我自动的停战了。家中给提的人家到底是合乎我的高尚的自尊的理想。除了欠着一点爱，别的都合适。爱，说回来，值多少钱一斤呢？我爽性不上学了，既怕同学们暗笑我，就躲开她们好了。她们有爱，爱把她们拉到泥塘里去！我才不那么傻。在家里，我很快乐，父母们对我也特别的好。我开始预备嫁衣。作好了，我偷偷的穿上看一看，戴上钻石的戒指与胸珠，确是足以压倒一切！我自傲幸而我机警，能见风转舵，使自己能成为最可羡慕的新娘子，能把一切女人压下去。假若我只为了那点爱，而随便和个穷汉结婚，头上只戴上一束纸花，手指套上个铜圈，头纱在地上抛着一尺多，我怎样活着，羞也羞死了！

三十一

自然我还不能完全忘掉那个无利于实际而怪好听的字——爱。但是没法子再转过这个弯儿来。我只好拿这个当作一种牺牲，我自幼儿还没牺牲过什么，也该挑个没多大用处的东西扔出去了。况且要维持我的"新"还另有办法呢，只要有钱，我的服装，鞋袜，头发的样式，都足以作新女子的领袖。只要有钱，我可以去跳舞，交际，到最文明而热闹的地方去。钱使人有生趣，有身分，有实际的利益。我想象着结婚时的热闹与体面，婚后的娱乐与幸福，我的一生是在阳光下，永远不会有一小片黑云。我甚至于迷信了一些，觉得父母看宪书，择婚日，都是善意的，婚仪虽是新式的，可是择个吉日吉时也并没什么可反对的。他们是尽其所能的使我吉利顺当。我预备了一件红小袄，到婚期好穿在里面，以免身上太素淡了。

三十二

不能不承认我精明，我作对了！我的丈夫是个顶有身分，顶有财产，顶体面，而且顶有道德的人。他很精明，可是不肯自由结婚。他是少年老成，事业是新的，思想是新的，而愿意保守着旧道德。他的婚姻必须经过父母之命，媒妁之言，他要给胡闹的青年们立个好榜样，要挽回整个社会道德的堕落。他是二十世纪的孔孟，我们的结婚像片在各报纸上刊出来，差不多都有一些评论，说我们俩是挽救颓风的一对天使！我在良心上有点害羞了，我曾想过奋斗呢！曾经要求过爱的自由呢！幸而我转变的那么快，不然……

三十三

我的快乐增加了我的美丽，我觉得出全身发散着一种新的香味，我胖了一些，而更灵活，大气，我像一只彩凤！可是我并不专为自己的美丽而欣喜，丈夫的光荣也在我身上反映出去，到处我是最体面最有身分最被羡慕的太太。我随便说什么都有人爱听。在作小姐的时候，我的尊傲没有这么足；小姐是一股清泉，太太是一座开满了桃李的山。山是更稳固的，更大样的，更显明的，更有一定的形式与色彩的。我是一座春山，丈夫是阳光，射到山坡上，我腮上的桃花向阳光发笑，那些阳光是我一个人的。

三十四

可是我也必得说出来。我的快乐是对于我的光荣的
欣赏，我像一朵阳光下的花，花知道什么是快乐吗？除
了这点光荣，我必得说，我并没有从心里头感到什么可
快活的。我的快活都在我见客人的时候，出门的时候，
像只挂着帆，顺风而下的轻舟，在晴天碧海的中间儿。
赶到我独自坐定的时候，我觉到点空虚，近于悲哀。我
只好不常独自坐定，我把帆老挂起来，有阵风儿我便出
去。我必须这样，免得万一我有点不满意的念头。我必
须使人知道我快乐，好使人家羡慕我。还有呢，我必须
谨慎一点，因为我的丈夫是讲道德的人，我不能得罪他
而把他给我的光荣糟蹋了。我的光荣与身分值得用心看
守着，可是因此我的快活有时候成为会变动的，像忽晴
忽阴的天气，冷暖不定。不过，无论怎么说吧，我必须
努力向前；后悔是没意思的，我顶好利用着风力把我的
一生光美的度过去；我一开首总算已遇到顺风了，往前
走就是了。

三十五

以前的事像离我很远了，我没想到能把它们这么快就忘掉。自从结婚那一天我仿佛忽然入了另一个世界，就像在个新地方醋睡似的，猛一睁眼，什么都是新的。及至过了相当时期，我又逐渐的把它们想起来，一个一个的，零散的，像拾起一些散在地上的珠子。赶到我把这些珠子又串起来，它们给我一些形容不出的情感，我不能再把这串珠子挂在项上，拿不出手来了。是的，我的丈夫的道德使我换了一对眼睛，用我这对新眼睛看，我几乎有点后悔从前是那样的狂放了。我纳闷，为什么他——一个社会上的柱石——要娶我呢？难道他不晓得我的行为吗？是，我知道，我的身分家庭足以配得上他，可是他不能不知道在学校里我是个浪漫皇后吧？我不肯问他，不问又难受。我并不怕他，我只是要明白明白。说真的，我不甚明白，他待我很好，可是我不甚明白他。他是个太阳，给我光明，而不使我摸到他。我在人群中，比在他面前更认识他；人们尊敬我，因为他们尊敬他；及至我俩坐在一处，没人提醒我或他的身分，我觉得很渺茫。在报纸上我常见到他的姓名，这个姓名最可爱；坐在他面前，我有时候忘了他是谁。他很客气，有礼貌，每每使我想到他是我的教师或什么保护人，而不是我的丈夫。在这种时节，似有一小片黑云掩住了太阳。

三十六

阳光要是常被掩住，春天也可以很阴惨。久而久之，我的快活的热度低降下来。是的，我得到了光荣，身分，丈夫；丈夫，我怎能只要个丈夫呢？我不是应当要个男子么？一个男子，哪怕是个顶粗莽的，打我骂我的男子呢，能把我压碎了，吻死的男子呢！我的丈夫只是个丈夫，他衣冠齐楚，谈吐风雅，是个最体面的杨四郎，或任何戏台上的穿绣袍的角色。他的行止言谈都是戏文儿。我这是一辈子的事呀！可是我不能马上改变态度，"太太"的地位是不好意思随便扔弃了的。不扔弃了吧，我又觉得空虚，生命是多么不易安排的东西呢！当我回到母家，大家是那么恭维我，我简直张不开口说什么。他们为我骄傲，我不能鼻一把泪一把像个受气的媳妇诉委屈，自己泄气。在娘家的时候我是小姐，现在我是姑奶奶，作小姐的时候我厉害，作姑奶奶的更得撑起架子。我母亲待我像个客人，我张不开口说什么。在我丈夫的家里呢，我更不能向谁说什么，我不能和女仆们谈心，我是太太。我什么也别说了，说出去只招人笑话；我的苦处须自己负着。是呀，我满可以冒险去把爱找到，但是我怎么对我母家与我的丈夫呢？我并不为他们生活着，可是我所有的光荣是他们给我的，因为他们给我光荣，我当初才服从他们，现在再反悔似乎不大合适吧？只有一条路给我留着呢，好好的作太太，不要想别的了。这是永远有阳光的一条路。

三十七

人到底是肉作的。我年轻，我美，我闲在，我应当把自己放在血肉的浓艳的香腻的旋风里，不能呆呆对着镜子，看着自己消灭在冰天雪地里。我应当从各方面丰富自己，我不是个尼姑。这么一想我管不了许多了。况且我若是能小心一点呢——我是有聪明的——或者一切都能得到，而出不了毛病。丈夫给我支持着身分，我自己再找到他所不能给给我的，我便是个十全的女子了，这一辈子总算值得！小姐，太太，浪漫，享受，都是我的，都应当是我的；我不再迟疑了，再迟疑便对不起自己。我不害怕，我这是种冒险，牺牲；我怕什么呢？即使出了毛病，也是我吃亏，把我的身分降低，与父母丈夫都无关。自然，我不甘心丢失了身分，但是事情还没作，怎见得结果必定是坏的呢？精明而至于过虑便是愚蠢。饥鹰是不择食的。

三十八

我的海上又飘着花瓣了，点点星星暗示着远地的春光。像一只早春的蝴蝶，我顾盼着，寻求着，一些渺茫而又确定的花朵。这使我又想到作学生的时候的自由，愿意重述那种种小风流勾当。可是这次我更热烈一些，我已经在别方面成功，只缺这一样完成我的幸福。这必须得到，不准再落个空。我明白了点肉体需要什么，希望大量的增加，把一朵花完全打开，即使是个雹子也好，假如不能再细腻温柔一些，一朵花在暗中谢了是最可怜的。同时呢，我的身分也使我这次的寻求异于往日的，我须找到个地位比我的丈夫还高的，要快活便得登峰造极，我的爱须在水晶的宫殿里，花儿都是珊瑚。私事儿要作得最光荣，因为我不是平常人。

三十九

　　我预料着这不是什么难事，果然不是什么难事，我有眼光。一个粗莽的，俊美的，像团炸药样的贵人，被我捉住。他要我的一切，他要把我炸碎而后再收拾好，以便重新炸碎。我所缺乏的，一次就全补上了；可是我还需要第二次。我真哭真笑了，他野得像只老虎，使我不能安静。我必须全身颤动着，不论是跟他玩耍，还是与他争闹，我有时候完全把自己忘掉，完全焚烧在烈火里，然后我清醒过来，回味着创痛的甜美，像老兵谈战那样。他能一下子把我掷在天外，一下子又拉回我来贴着他的身。我晕在爱里，迷忽的在生命与死亡之间，梦似的看见全世界都是红花。我这才明白了什么是爱，爱是肉体的，野蛮的，力的，生死之间的。

四十

　　这个实在的，可捉摸的爱，使我甚至于敢公开的向我的丈夫挑战了。我知道他的眼睛是尖的，我不怕，在他鼻子底下漂漂亮亮的走出去，去会我的爱人。我感谢他给我的身分，可是我不能不自己找到他所不能给的。
我希望点吵闹，把生命更弄得火炽一些；我确是快乐得
有点发疯了。奇怪，奇怪，他一声也不出。他仿佛暗示
给我——"你作对了！"多么奇怪呢！他是讲道德的人
呀！他这个办法减少了好多我的热烈；不吵不闹是多么
没趣味呢！不久我就明白了，他升了官，那个贵人的力
量。我明白了，他有道德，而缺乏最高的地位，正像我
有身分而缺乏恋爱。因为我对自己的充实，而同时也充
实了他，他不便言语。我的心反倒凉了，我没希望这
个，简直没想到过这个。啊，我明白了，怨不得他这么
有道德而娶我这个"皇后"呢，他早就有计划！我软倒
在地上，这个真伤了我的心，我原来是个傀儡。我想脱
身也不行了，我本打算偷偷的玩一会儿，敢情我得长期
的伺候两个男子了。是呀，假如我愿意，我多有些男朋
友岂不是可喜的事。我可不能听从别人的指挥。不能像
妓女似的那么干，丈夫应当养着妻子，使妻子快乐；不
应当利用妻子获得利禄——这不成体统，不是官派儿！

四十一

　　我可是想不出好办法来。设若我去质问丈夫，他满

可以说："我待你不错，你也得帮助我。"再急了，他简直可以说："干吗当初嫁给我呢？"我辩论不过他。我断绝了那个贵人吧，也不行，贵人是我所喜爱的，我不能因要和丈夫赌气而把我的快乐打断。况且我即使冷淡了他，他很可以找上前来，向我索要他对我丈夫的恩惠的报酬。我已落在陷坑里了。我只好闭着眼混吧。好在呢，我的身分在外表上还是那么高贵，身体上呢，也得到满意的娱乐，算了吧。我只是不满意我的丈夫，他太小看我，把我当作个礼物送出去，我可是想不出办法惩治他。这点不满意，继而一想，可也许能给我更大的自由。我这么想了：他既是仗着我满足他的志愿，而我又没向他反抗，大概他也得明白以后我的行动是自由的了，他不能再管束我。这无论怎说，是公平的吧。好了，我没法惩治他，也不便惩治他了，我自由行动就是了。焉知我自由行动的结果不叫他再高升一步呢！我笑了，这倒是个办法，我又在晴美的阳光中生活着了。

四十二

没看见过榕树，可是见过榕树的图。若是那个图是正确的，我想我现在就是株榕树，每一个枝儿都能生根，变成另一株树，而不和老本完全分离开。我是位太太，可是我有许多的枝干，在别处生了根，我自己成了个爱之林。我的丈夫有时候到外面去演讲，提倡道德，我也坐在台上；他讲他的道德，我想我的计划。我觉得这非常的有趣。社会上都知道我的浪漫，可是这并不妨碍他们管我的丈夫叫作道德家。他们尊敬我的丈夫，同时也羡慕我，只要有身分与金钱，干什么也是好的；世界上没有什么对不对，我看出来了。

四十三

要是老这么下去，我想倒不错。可是事实老不和理想一致，好像不许人有理想似的。这使我恨这个世界，这个不许我有理想的世界。我的丈夫娶了姨太太。一个讲道德的人可以娶姨太太，嫖窑子；只要不自由恋爱与离婚就不违犯道德律。我早看明白了这个，所以并不因为这点事恨他。我所不放心的是我觉到一阵风，这阵风不好。我觉到我是往下坡路走了。怎么说呢，我想他绝不是为娶小而娶小，他必定另有作用。我已不是他升官发财的唯一工具了。他找来个生力军。假如这个女的能替他谋到更高的差事，我算完了事。我没法跟他吵，他办的名正言顺，娶妾是最正当不过的事。设若我跟他闹，他满可以翻脸无情，剥夺我的自由，他既是已不完全仗着我了。我自幼就想征服世界，啊，我的力量不过如是而已！我看得很清楚，所以不必去招瘪子吃；我不管他，他也别管我，这是顶好的办法。家里坐不住，我出去消遣好了。

四十四

哼，我不能不信命运。在外边，我也碰了；我最爱的那个贵人不见我了。他另找到了爱人。这比我的丈夫娶妾给我的打击还大。我原来连一个男人也抓不住呀！这几年我相信我和男子要什么都能得到，我是顶聪明的女子。身分，地位，爱情，金钱，享受，都是我的；啊，现在，现在，这些都顺着手缝往下溜呢！我是老了么？不，我相信我还是很漂亮；服装打扮我也还是时尚的领导者。那么，是我的手段不够？不能呀，设若我的手段不高明，以前怎能有那样的成功呢？我的运气！太阳也有被黑云遮住的时候呀。是，我不要灰心，我将慢慢熬着，把这一步恶运走过去再讲。我不承认失败；只要我不慌，我的心老清楚，自会有办法。

四十五

　　但是，我到底还是作下了最愚蠢的事！在我独自思索的时候，我大概是动了点气。我想到了一篇电影：一个贵家的女郎，经过多少情海的风波，最后嫁了个乡村的平民，而得到顶高的快乐。村外有些小山，山上满是羽样的树叶，随风摆动。他们的小家庭面着山，门外有架蔓玫瑰，她在玫瑰架下作活，身旁坐着个长毛白猫，头儿随着她的手来回的动。他在山前耕作，她有时候放下手中的针线，立起来看看他。他工作回来，她已给预备好顶简单而清净的饭食，猫儿坐在桌上希冀着一点牛奶或肉屑。他们不多说话，可是眼神表现着深情……我忽然想到这个故事，而且借着气劲而想我自己也可以抛弃这一切劳心的事儿，华丽的衣服，而到那个山村去过那简单而甜美的生活。我明知这只是个无聊的故事，可是在生气的时候我信以为真有其事了。我想，只要我能遇到那个多情的少年，我一定不顾一切的跟了他去。这个，使我从记忆中掘出许多旧日的朋友来：他们都干什么呢？我甚至于想起那第一个爱人，那个伴郎，他作什么了？这些人好像已离开许多许多年了，当我想起他们来，他们都有极新鲜的面貌，像一群小孩，像春后的花草，我不由的想再见着他们，他们必至少能打开我的寂寞与悲哀，必能给生命一个新的转变。我想他们，好像想起幼年所喜吃的一件食物，如若能得到它，我必定能把青春再唤回来一些。想到这儿，我没再思索一下，便出去找他们了，即使找不到他们，找个与他们相似的也行；我要尝尝生命的另一方面，可以说是生命的素淡方面吧，我已吃腻了山珍海味。

四十六

我找到一个旧日的同学，虽然不是乡村的少年，可已经合乎我的理想了。他有个入钱不多的职业，他温柔，和蔼，亲热，绝不像我日常所接触的男人。他领我入了另一世界，像是厌恶了跳舞场，而逛一回植物园那样新鲜有趣。他很小心，不敢和我太亲热了；同时我看出来，他也有点得意，好像穷人拾着一两块钱似的。我呢，也不愿太和他亲近了，只是拿他当一碟儿素菜，换换口味。可是，呕，我的愚蠢！这被我的丈夫看见了！他拿出我以为他绝不会的厉害来。我给他丢了脸，他说！我明白他的意思：我们阔人尽管乱七八糟，可是得

有个范围；同等的人彼此可以交往，这个圈必得划清楚
了！我犯了不可赦的罪过。

四十七

　　我失去了自由。遇到必须出头的时候，他把我带出去；
用不着我的时候，他把我关在屋里。在大众面前，我还是太
太；没人看着的时节，我是个囚犯。我开始学会了哭，以前
没想到过我也会有哭的机会。可是哭有什么用呢！我得想主
意。主意多了，最好的似乎是逃跑：放下一切，到村间或小
城市去享受，像那个电影中玫瑰架下的女郎。可是，再一
想，我怎能到那里去享受呢？我什么也不会呀！没有仆人，
我连饭也吃不上，叫我逃跑，我也跑不了啊！

四十八

　　有了，离婚！离婚，和他要供给，那就没有可怕的
了。脱离了他，而手中有钱，我的将来完全在自己的手中，
爱怎着便可以怎着。想到这里，我马上办起来，看守我的
仆人受了贿赂，给我找来律师。呕，我的胡涂！状子递上去
了，报纸上宣扬起来，我的丈夫登时从最高的地方堕下来。
他是提倡旧道德的人呀，我怎会忘了呢？离婚，呕！别的都

不能打倒他，只有离婚！只有离婚！他所认识的贵人们，马上变了态度，不认识了他，也不认识了我。和我有过关系的人，一点也不责备我与他们的关系，现在恨起我来，我什么不可以作，单单必得离婚呢？我的母家与我断绝了关系。官司没有打，我的丈夫变成了个平民，官司也无须再打了，我丢了一切。假如我没有这一个举动，失了自由，而到底失不了身分啊，现在我什么也没有了。

四十九

事情还不止于此呢。我的丈夫倒下来，墙倒人推，大家开始控告他的劣迹了。贵人们看着他冷笑，没人来帮忙。我们的财产，到诉讼完结以后，已剩了不多。我还是不到三十岁的人哪，后半辈子怎么过呢？太阳不会再照着我了！我这样聪明，这样努力，结果竟会是这样，谁能相信呢！谁能想到呢！坐定了，我如同看着另一个人的样子，把我自己简略的，从实的，客观的，描写下来。有志的女郎们呀，看了我，你将知道怎样维持住你的身分，你宁可失了自由，也别弃掉你的身分。自由不会给你饭吃，控告了你的丈夫便是拆了你的粮库！我的将来只有回想过去的光荣，我失去了明天的阳光！